KB142559

꽃 피고 알았네

꽃 피고 알았네

1판 1쇄 발행	2024년 7월 25일
지은이	조영의
발행인	이선우
펴낸곳	도서출판 선우미디어

등록 | 1997. 8. 7 제305-2014-000020

02643 서울시 동대문구 장한로 12길 40, 101동 203호

☎ 2272-3351, 3352 팩스: 2272-5540

sunwoome@daum.net greenessay20@naver.com

Printed in Korea ⓒ 2024. 조영의

값 13,000원

※ 이 책은 충청북도, 충북문화재단의 후원을 받아 예술창작활동 지원사업의
일환으로 발간되었습니다.

※ 잘못된 책은 바꿔 드립니다.

※ 저자와 협의하여 인지 생략합니다.

ISBN 978-89-5658-767-7 03810

꽃 피고 알았네

조영의 수필집

선우미디어 sunwoomedia

차례

꽃 피고 알았네

1

공존하는 마음

어느 날 풀꽃이 피었다. 망초였다.
강하고 질겨서 원망스럽던 풀이
밭 전체를 하얗게 덮어놓은 풍경이 아름답다.
애잔하고 황홀하다.
그 사이사이 보랏빛 도라지꽃도 피었다.

뿌리에게

거실 창 방충망에 몸을 붙이고 겨울잠 자는 무당벌레를 본다. 자신의 몸을 흰 실로 감싸고 바람이 불면 바람 세기만큼 흔들리고 비가 내리면 그대로 젖는다. 가족 중 나 말고는 아무도 무당벌레가 그곳에 있다는 것을 모른다. 나도 우연히 붉은 빛에 검은 동그란 무늬를 가진 무당벌레를 보지 않았다면 거무스름하게 변한 작은 존재를 관심 갖지 않았다.

내가 먹을 채소는 친환경으로 농사짓겠다는 생각으로 주말농장을 분양받았다. 건강한 채소를 얻기 위해서는 밭도 휴경이 필요하다. 감자를 캐고 땅은 잠시 묵정밭이 되었다.

무더위가 물러서지 않는 8월의 중순쯤 밭을 다시 일구었다.

거름과 비료도 넉넉히 주었다. 독한 거름 냄새가 사라진 후 꽃모종 심듯 배추를 심었다. 손가락 크기의 작고 여린 배추를 가지런히 심고 보니 밭이 환하다.

햇볕은 여전히 뜨거웠다. 그늘도 없는 밭에 남겨진 여린 배추를 보며 돌아서는데 첫 아이가 초등학교에 입학하던 날이 스쳤다. 대견하면서도 불안하고, 걱정되면서도 흐뭇하여 몇 번을 돌아보고는 했는데 배추에서도 설레는 마음이 느껴졌다. 건강하게 자란 내 아이처럼 배추도 뿌리의 힘을 믿어보기로 했다.

튼실한 배추는 잎을 만져보면 안다. 초록빛이 쏟아질 듯 윤기 흐르는 배춧잎을 쓰다듬으면 솜털 같은 가시에 닿는 까슬까슬한 통증이 느껴진다. 하루쯤 깎지 않은 수염의 마찰에서 오는 전율 같은 아찔한 이끌림은 거부할 수 없는 가을배추와의 교감이다.

그런데 나만 배추를 좋아한 것은 아니었나 보다. 배춧잎 사이사이에서 씨앗 같은 똥을 보았다. 벌레가 있으니 잘 찾아보라고 한다. 아니면 약을 주면 된다고도 한다. 약이란 말에 신경이 예민해졌다. 약을 쳐서 잘 키우는 것보다 소신껏 키우고 싶었다. 그래도 신경이 쓰여서 벌레를 찾았지만 보이지 않았다.

일주일이 지났다. 토실하게 잘 자란 배추에 진딧물이 보였다. 잎 속은 새까맣다. 다른 배추에도 옮길까 싶어 뽑았다. 빈자리

흔적이 무척 넓어 보였다.

"진딧물은 약 아니고는 이길 방법이 없어. 배추 먹으려면 당장 약 뿌려요."

근처에서 일하던 할아버지가 오셨다. 그리고 성큼성큼 밭고랑을 옮겨 다니면서 배춧잎 깊이에서 벌레를 쏙쏙 찾아내어 짓이기듯 밟아버렸다.

"안뎌, 안뎌, 에구…." 혼잣말인 듯 아니면 나에게 하는 말인지 성내면서 배추를 하나하나 만져본다. 투박하고 마디가 굵은 구릿빛 손이 지날 때마다 한 마리 벌레가 잡혔다. 진딧물도 손등으로 묻어 올랐다. 할아버지 빠른 손놀림에 가장 잘 자란 배추 몇 포기가 뽑혔다. 배추는 순간 쓰레기로 버려졌고 추억하는 시간은 괴로웠다. 그다음에도 왕성한 진딧물에 감싸인 배추를 또 뽑았다.

김장하려고 남아 있는 배추를 뽑았다. 밭에 있을 때는 묵직해 보였는데 겉잎을 떼어내고 보니 속도 차지 않았고 신선하지도 않았다. 벌어진 잎 속에서 벌레도 쉽게 보였다. 진딧물은 생각보다 많았다. 그래도 정성 들인 시간 때문에 버릴 수 없었다. 친환경 농법으로 얻은 진딧물 낀 배추와, 농약 사용의 간극을 생각하며 씻는데 무당벌레 한 마리가 보였다. 빨간 날개를 웅크리고 꼼짝 않는 무당벌레를 본 순간 가슴이 서늘했다.

가을걷이가 끝난 밭에 무당벌레를 갖다 놓을 수도, 배춧잎 속에 넣어 버릴 수도 없어 난감했다.

"지금은 무당벌레 눈 씻고 봐도 없어."

할아버지 말이 자꾸 따라왔다. 근처 밭에 놓아줄까, 생각은 수없이 좋은 방법을 찾으면서도 손은 베란다 방충망을 열었다. 그리고 정말 미안하지만 어쩔 수 없음을 합리화하며 버렸다. 그 것만이 내 집에서 밖으로 보내는 최선의 방법이라 생각했고 자 연으로 돌아가 꼭 살아남기를 바랐다.

버려진 무당벌레는 거실 방충망까지 무슨 생각하며 왔을까. 허공과도 같은 8층에서 매몰차게 버린 손이 배춧잎을 쓰다듬던 그 손이라는 것을 확인하고 싶었을까. 진딧물을 보면서도 약을 뿌리지 않고 친환경을 고집하더니, 필요 없어진 작은 생명을 가 볍게 버리는 이중성에 경고라도 하고 싶었나. 그래서 밭이 있는 아래로 내려가지 않고 콘크리트 벽을 타고 거실 방충망으로 왔 을 것이다. 그리고 빨간색 날개를 납작 붙여 불빛같이 신호를 보내다가 겨울잠에 들었나 보다.

겨울잠 자는 무당벌레 시간은 어디쯤 흐르고 있을까. 말라버 린 듯 검고 작은 무당벌레의 비상하는 봄을 기다리는 마음은 불안하고 미안하다. 건강하게 자는 거지. 잘 견디고 있는 거지.
무당벌레를 보며 혼자 하는 말이다.

그래도 얄밉다

집 근처 소나무 숲에서 뻐꾸기가 운다. 끊어질 듯 이어지는 소리에 반가움도 잠시, 터전을 잃은 뻐꾸기 때문에 가슴 먹먹하다.

며칠 전 주변의 개발로 숲의 소나무 일부를 베었다. 그리고 한동안 포클레인 굉음이 허공을 채우더니 나무를 파헤친 자리에 젖은 흙이 붉게 빛났다. 낯설던 진흙도 폭염에 말랐고 주민들 기억 속에서 사라진 숲은 잊었는데 뻐꾸기는 떠나지 못했나 보다. 자신의 존재를 피 끓는 소리에 담아 도시 하늘 가득 퍼트리고 있다. "나, 여기 있어."라는 처절한 외침인지, 아니면 곧 떠날 거라는 건지. 둥지를 잃은 뻐꾸기가 안타깝다가도 청량한 뻐꾸기 소리는 마냥 좋으니 나도 내 마음을 모르겠다.

농사짓는 밭에서도 뻐꾸기 소리를 듣는다. 주변 잡목이 우거진 숲에서 운다. 도라지밭 풀을 뽑을 때 뻐꾸기 소리에 리듬을 맞추면 지루하지도 힘들지도 않다. 그곳에서 오래도록 울어주기를 속으로 바란다. 가끔 비둘기도 운다. 둘의 화음은 자연이 주는 선물이다. 다양한 새들이 다 함께 합창할 때도 있다. 소리가 높아서 하늘로 솟는가 하면 저음으로 잠깐 우는 새 소리는 땅으로 잠긴다. 날아다니는 듯 가깝게 와 닿다가도 이내 멀어지는 새소리에 노동의 힘겨움을 잊는다. 새가 있어 고마웠다.

그러나 행복한 마음은 오래가지 않았다. 양쪽 숲을 사이에 두고 있는 밭에 콩을 심었다. 마을 어른들이 가르쳐준 콩 심는 시기는 새들이 알을 품고 있을 때다. 새들이 알을 품는 것에만 집중하여 밭에 심은 콩에는 관심 두지 않는단다. 그래도 여유 있게 심으라고 한다. 새들에게도 몇 알은 나눠주고, 남은 것으로 잘 키워서 사람이 먹는 것이 농사란다. 그렇게 함께 살아가는 거란다. 그러면서 새들의 피해를 막는 여러 가지 방안도 알려주어 귀담아들었다.

콩 심고 여러 날, 싹이 나왔는데 중간중간이 텅 비었다. 새가 먹은 것이다. 다 먹지 않았을 거니까 기다리면 나온다고 한다.

속상했지만 새소리를 생각하며 잊었다. 며칠 후에는 나온 콩 싹이 모두 잘렸다. 비가 온 뒤라 발자국이 남았다. 훑고 지나간 자리마다 고라니 발자국이 선명했다. 봄에도 고추 모를 먹어 낭패를 본 경험이 있기에 흥분하자 콩 뿌리가 뽑히지 않았으면 싹은 다시 나온다며 또 기다리라고 하신다. "다, 그런 겨." 느긋하게 기다리면 된다는 말이 처음 농사짓는 나로서는 이해하기 어려운 숙제다.

낮에는 아름다운 소리로 마음을 흔들어 놓고는 몰래 날아와 훔쳐 먹는 새도, 순하고 착한 눈빛으로 농작물의 어린싹을 성찬으로 먹은 고라니도 더불어 살아가야 하는 소중한 생명체다. 그러나 아직 분별없고 여유가 없는 나는 생각할수록 속상하다. 도시개발로 서식지를 빼앗고 무분별한 퇴치용품으로 동물들을 위협하는 것은 사람이지만, 사람이 정성 들여 키우는 것을 빼앗듯 먹는 것은 동물이다.

자연 속에 있을 때는 반가운 손님이지만, 소중한 내 것을 자주 빼앗겨 화가 치미는 것은 솔직한 마음이다. 정말 얄밉다.

단호하게

　김장하려고 무를 뽑고 보니 생각했던 것보다 훨씬 작다. 씨를 뿌릴 때부터 얻고 싶은 것은 무가 아니라 무청이었다. 그래서 자라는 그대로 두기로 했다. 싹이 나오면 마냥 신기했고 잘 자라 주는 것이 고마워서 화초 보듯 즐겼다. 내 행동을 옆 밭에서 농사 짓는 할머니는 무척 못마땅해하셨다. 만날 때마다 쓴소리다.

　씨를 뿌릴 때부터 지켜봤는데 성의가 없다고 했다. 소중한 씨앗을 막 뿌려서 씨앗을 낭비했고, 한 군데서 여러 개 싹이 나왔는데도 솎아내지 않아 먹을 것을 버렸다는 이유다. 무 농사를 지으려면 단호하게 하나만 남겨놓고 뽑아줘야 제대로 자란단 다. 쳐다만 보지 말고 성장이 늦은 것은 지금이라도 뽑아내라고 재촉하셨다.

시기에 맞춰 비료와 영양제도 줘야 하고, 가끔씩 무를 심은 주변 흙도 긁어줘야 한다며 호미로 우리 무밭을 긁어 주셨다. 내가 얼마나 답답했으면 그러실까, 이해는 되지만 내 생각과 다른 할머니가 조금씩 불편했다.

얼마 후 옆 밭에 일이 생겼다. 우리 밭 무 잎에 벌레가 갉아 먹은 흔적이 곳곳에 보이는데도 약을 뿌리지 않았다. 내 손으로 건강한 채소를 얻으리라는 신념을 버리고 싶지 않았다. 속상했지만 지켜보기로 했다. 그런데 진딧물까지 생겼다. 진딧물과 벌레는 옆 밭으로 옮겼고 피해를 막기 위해 농약을 뿌리면서 우리 밭까지 뿌렸다. 농약이 얼마 남지 않아 어쩔 수 없었다고 말씀하셨지만 진심이 느껴지지 않았다. 같은 곳에서 같은 농작물을 지으려면 견해 차이를 존중해줘야 하는 것은 이론이다. 현실은 특히, 땅에서 얻는 농작물이 돈으로 연결되는 입장에서 보면 내 행동은 피해를 주는 게으름이다.

농약은 해충만 죽이는 것이 아니다. 자세히 들여다보면 달팽이도 살고 무잎 사이에 무당벌레도 보인다. 짝짓기하는 방아깨비도 있고 거미도 산다. 이슬에 젖은 날개를 말리는 잠자리며, 개미와 작은 곤충들의 움직임도 보인다. 곤충들은 무밭이 집이고 놀이터고 휴식의 장소일지도 모른다. 서로 어울려 평화롭게

살아가는 터에 생명을 위협하는 약으로 덮어놓았으니 곤충의
아우성이 들리는듯하여 한동안 무밭에 가지 않았다.

나에게 가을 무밭은 고향 같은 장소다. 내 발소리에 놀란 곤
충들이 달아날까 봐 조심스러워지는 걸음만큼 마음도 가벼웠
다. 무 잎의 까슬한 촉감, 채소 풋냄새만 맡아도 행복했다.

그런데 무청을 쓰려고 무를 뽑는 순간 행복했던 지난 시간이
후회됐다. 무가 작은 만큼 무청도 실하지 않아 시래기로 말리기
에는 적합하지 않았다. 친환경으로 농작물을 키우는 마음은 있는
그대로의 애정이 아니라, 좋은 환경을 만들어 주는 일이란 것을
느끼면서 호미질하던 할머니 손이 떠올랐다. 할머니도 처음부터
농약을 쓰지는 않았을 거라 생각된다. 손톱 끝이 뭉툭해지고 호
미가 닳도록 풀과 해충을 잡아도 사라지지 않는 고된 노동에서
잠시 쉬는 일은 농약이었을 것이다. 할머니를 이해하기로 했다.

살면서 내 안의 감성 테두리에 마음을 가둬놓고 단호하지 못
했던 일들을 생각해본다. 나 자신으로부터 부모와 자식과의 관
계, 교사와 학생의 거리, 사회 안전 불감증과 사회적 거리두기
의 불신, 각종 이슈가 되는 사건들 속으로 들어가 보면 단호하지
못했던 순간이 있다. 후회하면서도 반복되는 습관 단호함, 단호
하게 행동할 수 있는 용기를 무 농사를 짓고 다시 배운다.

함께 살 수 없나요

개구리 소리가 요란하다. 어제부터 세찬 비가 내리더니 말라 있던 집 앞 농수로에 물이 고였나 보다. 울음소리에서 힘이 느껴진다. 오랜만에 듣는 개구리 소리가 반가워 창문을 활짝 열고 즐거운 비명 같은 소리에 집중한다.

계절은 이미 여름에 가깝다. 비 온 뒤라 바람은 한밤중인데도 끈끈하고 습하다. 살갗으로 닿는 느낌이 무거운데 개구리는 오랜만에 활기를 찾았다. 쉬지도 않고 운다. 어떻게 왔을까. 개구리가 있는 곳은 농수로인데 농사짓던 땅에 아파트가 들어서면서 기능을 잃었다.

한때는 드넓은 논으로 힘차게 물이 흘렀을 농수로에는 물이

끼로 흔적이 남아 있을 뿐 생활 쓰레기가 쌓이는 공간으로 방치된 지 오래다. 물이 고인 곳에는 악취도 심할 텐데 인간이 더럽혀놓고 외면한 곳에 터전을 잡은 개구리가 반가우면서도 미안하다. 그래서 더 울었으리. 어쩌면, 별안간 세찬 빗물에 휩쓸려 낯선 환경으로 밀려왔을지도 모른다. 두려움에 혼자 울다가 근처에 같은 울음소리를 듣고 화답으로 소리를 높였으리라. 서로를 확인하며 안심하는 소리가 밤이 깊을수록 두려움의 소리로도 들린다.

더럽혀진 장소, 언제 그칠지 모르는 빗소리, 점점 작아지는 개구리 울음소리에 마음은 농수로에 머문다. 인간들의 도시개발로 인해 터전을 빼앗긴 동물이 개구리만 있을까.

근처에 백로 서식지가 있다. 오래전부터 송절동 야산에 터를 잡고 살고 있어서 충청북도는 '충북의 자연환경명소 100선'으로 지정했다. 그러나 근처에 '문암생태공원'이 조성되면서 지금의 좁은 터로 밀려났고, 이후 테크노폴리스 단지가 개발되면서 그 터마저 조금씩 변하고 있지만, 백로의 위태로운 날갯짓과 '송절동 백로 서식지' 안내판은 아무도 눈여겨보지 않는다.

이른 아침 무심천을 향해 백로들이 날아간다. 테크노폴리스 단지에 아파트가 생기기 전까지는 여유로운 날갯짓이었다. 창공은 무한하고 들녘은 안전했으며 길은 자유로웠다. 아파트가 들어서면서 백로가 날아다니는 길은 좁아졌다. 고층 아파트 사이를 넘나드는 위험을 감당해야 하고 사람들이 끊임없이 쏟아내는 냄새와 소음도 견뎌야 했다. 자유와 터전을 사람에게 빼앗기고 도로변 자투리 숲으로 내몰린 백로의 울음소리는 애절하다.

크고 날카롭다. 외침 같은 소리가 익숙하지 않아 놀라기도 하지만 창가에서 날갯짓의 무희를 보는 나는, 하루 중 가장 아름다운 시간이다. 백로를 가까이서 보기는 처음이다. 무리 지어 날아가기도 하고 둘 셋씩, 혹은 홀로 날아가는 모습을 보고 있으면 근처 무심천이 새롭게 와 닿는다. 물은 흐르면서 생명을 품고, 백로는 날아서 생명의 물을 찾는다. 동트기 전 물빛은 백로들의 숨소리로 밝게 차오르고, 햇살의 빛을 담아놓은 무심천 저녁은 백로가 둥지를 찾아가면 제빛으로 깊게 잠긴다.

무심천 물빛이 가장 아름다운 계절은 입추가 지나고 가을로 접어드는 시기다. 이때쯤이면 백로들도 높이 난다. 날갯짓은 하늘 가까이 닿고 무심천 물은 땅 빛을 잉태하며 가을을 맞는다. 울음소리도 부드러워진다.

그러나 백로를 언제까지 볼 수 있을지 모르겠다. 서식지 근처 아파트 주민들은 구린내와 시끄러운 울음소리에 창을 닫았고,

불만은 민원으로 이어지고 있다. 베어지는 나무도 많아지면서 백로들의 쉴 곳을 빼앗고 있다. 타인의 행동을 이해하는 데는 경험만큼 중요한 일은 없다. 가까이 가보니 멀리서 바라보는 낭만과 다르다. 둥지를 튼 소나무 솔잎은 죽어가고 먹지 않은 물고기 썩는 냄새와 분변 냄새까지 겹쳐 악취가 심하다. 창문을 열어야 하는 계절에 겪는 고충이라 함께 살아가기 위한 대안이 절실하다.

오늘도 무심천은 힘차게 흐르고 백로들이 지나는 새벽은 소란하다. 비가 오면 개구리 울음소리도 다시 생동감이 넘칠 것이다. 도시개발도 빠르게 진행 중이다. 아직 끝은 모르지만 터를 떠나지 못하는 생명들의 소리가 있어 행복하다.

지금은 공사 중

아침부터 콘크리트 바닥을 깨는 소리가 요란하다. 한동안 농토를 덮어 유용하게 쓰더니 용도가 사라진 후, 파괴하는 과정은 위협적이고 더디다. 건물을 부술 때는 마치 공포영화 한 장면처럼 강렬하고 먼지 날림을 막기 위해 뿌리는 물은 화재 현장과 흡사하다. 강할수록 힘겨운 법, 단단한 건물과 중장비의 힘겨루기가 며칠째 반복이다.

주변 공사 소리와 함께 아침을 시작하는 아파트 주민들의 민감한 반응을 의식해서인지 며칠 동안 소음이 있을 것이고 양해바란다는 부탁을 여러 차례 방송이다. 건물을 짓기 위해 필요했던 시멘트, 콘크리트, 아스팔트를 제거하면 흙은 숨을 쉬게 된다. 흙에 의존해 살아가는 생물들 수많은 미생물, 풀은 잠시나마 숨을 쉬고 생기를 찾을 것이다. 그러나 잠깐이다. 사라지는 건물과 도로는 새로운 도시가 될 기초 작업이다.

도시가 발전할수록 흙은 사라지고 있다. 매년 사라지는 흙은 1t 트럭을 기준으로 24억대 정도라고 한다. 논과 밭이 사라지고 숲속 흙이 사라지고 갯벌의 흙이 사라지면 흙에 의존하며 살아가던 생물들도 사라진다. 흙 $1m^3$가 사라지면 척추동물 한 마리, 달팽이 100마리, 지렁이인 경우는 3,000마리, 다지류는 5,000마리도 함께 사라진다고 한다.

공기처럼 흙도 무한할 것 같지만 작은 화분에 담을 흙도 도시에서는 얻기가 쉽지 않다. 농촌진흥청에서도 우리가 오염시킨 흙을 살리고 생태계를 복원시켜 생명을 키우는 흙의 소중함을 알리기 위해 3월 11일을 '흙의 날'로 제정하였다. 그러나 사람들에게는 관심 밖이다.

가을이 시작될 무렵이면 엄마는 황토를 개어 안마당과 바깥마당의 벌어진 흙 사이와 깨진 틈을 정성껏 메꾸었다. 흙이 마르기까지 밟지 못하게 임시로 놓은 나무판 다리는 불편하고 놀이도 할 수 없어 기다리는 시간이 지루했다.

마루에 앉아 젖은 흙이 마르는 과정을 지켜보고는 했는데 흙

색깔이 신비로웠다. 타들어 가던 황톳빛이 가을볕에 스며들어 담박한 자연의 흙빛으로 돌아왔다. 편편해지고 잘 마른 흙 마당에 들깨 더미가 쌓이고 꼬투리에서 떨어진 팥, 콩 한 알까지 온전히 주울 수 있었다. 그날의 흙냄새 촉감은 지금도 살아있다.

며칠 이어진 소음이 사라지고 공사장도 잠시 휴식이 되었다. 밭은 흙을 옮기는 트럭이 새로운 길이 만들어졌고, 건물이 있던 자리는 버짐 같은 흔적을 남겼다. 낯선 공간은 더 넓어졌고 자연은 기억으로 숨었다. 농수로도 옛 모습을 찾았다. 그곳에서 살던 개구리, 맹꽁이들은 있을까. 좋은 서식지가 되었던 환경은 사라졌지만 흙냄새나는 물길을 찾아서 안전하기를 기도한다.

정호승 시인의 시 「이사」가 생각난다. 낡은 재건축 아파트가 철거되고 마지막으로 나무가 철거되었는데, 이삿짐 트럭에 끌려가는 나무 뒤를 까치가 따라간다. 까치가 살던 둥지가 나무에 그대로 있기 때문이다. 울지도 않고 따라가는 비장한 까치의 마음이 텅 빈 벌판을 볼 때마다 애잔하게 울린다.

편리를 도모하는 새로운 공사에는 기존 터전에 살던 것의 안전한 이사가 먼저이어야 한다. 내 터전인데도 영역표시도 하지 않고, 자연과 더불어 살아가던 작은 생물들의 안위가 걱정되는 것은 공존하지 못하는 안타까움 때문이다.

이른 아침부터 흙을 퍼 나르는 트럭이 흙먼지를 일으키며 달린다. 찬바람에 겨울나기를 준비하던 흙 속 생명들도 씨앗도 함께 이사한다. 어디로 가는지 알 길 없어 트럭만 쳐다보는 벌판은 포클레인 움직임 소리만 가득하다. 땅속 깊이서 한 무더기 흙덩이가 또 올라온다.

농사짓기, 첫걸음

　퇴직을 앞둔 남편은 올해부터 농사를 짓겠다고 했다. 처음 듣는 말은 아니어서 놀랄 일은 아니지만 농사지을 땅이 우리에게는 없다. 생각을 들어보니 몇 년 전부터 계획하였고 종중(宗中)밭을 임대하여 짓겠다는 것이다. 밭도 저렴하게 임대할 수 있고 퇴직 후에도 일을 하고 싶단다. 일이 있는 것은 좋은데 농사를 지어본 경험도 없고, 밭에 무엇을 심을지에 대해서는 계획이 없었다. 걱정과 불안이 앞서다 보니 의견이 맞지 않았고 싸우기를 반복했다.

　반대 의견이 점점 많아지자 남편은 농사지을 밭 근처에 불쑥 농막을 설치했다. 눈도 녹지 않은 이른 봄이었다. 지출을 아끼려고 누군가 사용하다 방치한 것을 수리하여 써볼까 싶어 가져왔다는데 사용하지 않은 세월의 흔적이 여기저기 보인다. 창틀은 외풍을 막기 위해 사용한 방풍 테이프가 듬성듬성 뜯긴 채 검게 변했다. 창문에 붙인 뽁뽁이는 떨어질 듯 살짝 걸쳐있고 건드리면 검은 창틀 먼지까지 날아올 것 같아 찡그려진다. 보는 것만으로도 매서운 겨울바람 외풍의 한기가 느껴진다.

얇은 유리창은 안을 그대로 보여준다. 커튼 걸이로 사용했던 나사못은 녹슬어 흉물스럽게 돌출되었다. 방심하여 스치면 다칠 수도 있어 신경 쓰인다. 그뿐인가. 천장에서 물이 샌 흔적이 벽을 타고 내려와 바닥은 검은 무늬가 생겼다. 몇 가지만 수리하면 된다는 남편 말을 믿은 것이 속상하여 볼멘소리는 폭풍 잔소리가 되었다.

드라마에서 보면 애절한 사랑의 결실을 위해 도피하다가, 불의에 맞서 싸우다 지친 몸을 은신하는 장소로 폐가가 나온다. 어둡고 지저분한 공간에서 겪는 밤은 두렵지만, 은폐된 공간에서 하룻밤 휴식은 달콤하다. 마치 드라마 세트의 폐가 같은 농막은, 창밖 풍경을 시원하게 볼 수 있어 위로가 된다.

넓은 창만큼 하늘이 그대로 들어오고 농촌의 자연이 품 안으로 안긴다. 잡힐 듯 가까이서 볼 수 있는 몇 그루 소나무도 자연스럽게 멋진 예술작품이 되었다. 그네를 매어도 좋을 것 같은 나무 하나는 볼수록 끌린다. 귀 기울이지 않아도 새들의 날갯짓 소리가 마음을 깨우고 흙냄새도 날아오는 것 같다.

뒤쪽 창으로는 농사지을 땅이 보인다. 시부모님이 땅을 개간 하여 담배 농사를 짓던 밭이다. 그 땅에서 지은 담배 농사로 공부한 남편은 땅의 면적은 알지만, 노동으로 흘리는 땀의 고통을 모른다. 농사에 관심도 없고 무지한 것은 부모님의 간곡한 염원 이었다. 절대 농사를 짓지 말라며 어릴 때 도시로 유학 보내고 농기구도 만지지 못하게 했으며 밭과 논에는 오지 못하게 했다.

그러나 60이 넘어 정년이 다가오자 뜻을 어기고 내 땅도 없는 고향에서 농사짓겠다는 계획이다. 흙이 목숨이던 부모님은 흙으로 돌아가신 후라 말씀이 없다. 살던 집도 무너져 남의 밭이 되었다. 몸 누울 자리는 임대한 밭 가장자리 6평 농막이 전부지만 고향 냄새가 있어 좋다고 남편은 말한다. 인간에게 고향은 고된 삶의 휴식처이고 마음의 종착지라는 생각이다.

내일의 부푼 꿈으로 생각 없이 행복한 남편 곁에서 나도 나만의 생각에 잠긴다. 농막 주변 길가에 꽃길을 만들 생각이다. 봄 꽃은 꽃을 사다 심고 풀을 뽑아 씨를 뿌려야지. 동트는 여름 아침 나팔꽃을 먼저 보리라. 손톱에 물들일 봉숭아도 심고 기분 좋은 접시꽃의 여름과 코스모스꽃이 핀 가을도 상상한다. 해바라기도 심을 생각이다. 과꽃은 어디에 심을까, 마른풀을 헤집어보며 땅의 기운을 느껴본다.

밭을 바라보며 우리 부부는 나란히 서 있지만, 남편 시선은 곡식 씨 뿌릴 땅에 머물고, 나는 꽃씨 뿌리고 싶은 땅을 찾고 있다. 농사짓기 첫걸음 시작이다.

꽃 피고 알았네

봄이 시작될 무렵 냉이를 캐러 갔다. 길에서 조금 떨어져 있어 눈여겨보지 않으면 그냥 지나치기 쉬운 그곳은 친환경으로 농사짓고 있는 주인을 알고 있다. 나물을 캐러 다니는 사람들에게 입소문이 나지 않아 몇 년째 건강하고 깨끗한 냉이를 맘껏 캘 수 있었다. 올해도 내 밭 가듯 냉이를 캐러 갔다. 그러나 밭은 나무를 심어 변해 있었고 일부는 흙을 파헤쳐 놓아 냉이가 없었다. 근처 다른 밭도 가보았지만 풀만 무성했다. 얻은 것 없이 오랜 시간 찬바람 맞은 스트레스는 감기로 왔다.

꼭 먹지 않아도 사서 먹어도 되는 먹거리를 내 손으로 해야 마음이 편한 몇 가지가 있다. 가을 시래기 말리기가 그중 하나고 청국장과 된장 담그기 이후 냉이 캐기다. 쑥도 지나치지 못한다. 오랜 습관은 계절마다 찾아와 숙제 같은 몸살을 준다.

봄빛이 활짝 열리는 동안 지난해 심어놓은 도라지도 싹이 튼실하게 올라왔다. 농막 그늘을 만들어 주던 벚나무 꽃은 순간 피고 꽃잎을 내렸다. 아쉬움에 떨어진 꽃잎을 따라 걷다 보니 냉이꽃들이 싸라기눈처럼 피어 벚꽃 잎을 이고 있다. 한 무더기 꽃 발견으로 또 다른 곳의 냉이꽃을 찾으며 밭둑을 걷는데 주변은 흰빛 꽃으로 일렁인다. 가장 가까운 곳에 간절히 원하던 것이 지천으로 있었는데 보지 못한 아쉬움이, 봄바람에 냉이꽃들이 흔들릴 때마다 같이 흔들렸다.

한편으로는 보지 못한 것이 참 다행이라고 안도의 숨을 쉬었다. 꽃 피기 전 보았다면 나물로 보고 모두 뽑았을 것이다. 노지에서 자라고 먹거리가 되는 식물은 쉽게 뽑히지만 꽃이 피면 생명으로 존재하고 소중하다. 냉이도 나와 꽃으로 만날 인연이었나 보다, 새로운 발견 하나로 발걸음이 가볍다. 냉이꽃과 풀꽃들 사이 제비꽃과 민들레꽃도 보인다. 꽃이 지고 씨앗이 밭고랑으로 날아와 터를 잡으면 나는 아름다웠던 봄날의 기억은 잊고 풀로 보고 뽑아버릴 여름이 두렵다.

어떻게 바라볼 것인가. 사람들과의 관계에서도 말이 주는 의미의 차이로 고민에 빠질 때가 있다. 나는 말을 하는 직업이다 보니 듣는 것에는 익숙하지 않다. 또 먼저 말을 해야 하고, 빠르게 의사전달을 하는 편이다. 분명한 표현이라고 생각하는데 상대와는 공감이 되지 않아 말이 말로써 오해와 상처가 되는 세상살이에서 여전히 흔들리며 산다. 그래서 전달하고자 할 때 말보다 문자가 더 편하고 생각을 유연하게 한다. 글은 스스로 움직이지 않아 기다려 주고, 잘못된 것은 수정해도 되며 좋지 않은 감정표현은 지우면 된다. 내 글도 발표하지 않으면 생각을 숨길 수 있다. 그런데도 공유하고 싶어 발표하는 글은 다시 말이 되어 움직인다.

보이는 그대로가 전부가 아닌 것을 최근에 수업한 책에서도 엿볼 수 있다. 『다 같은 나무인 줄 알았어』 그림책은 나무의 본성이 드러나지 않을 때는 다 같은 나무로 본다. 그러나 계절의 변화로 꽃이 피거나 열매를 맺고 무성한 잎과 나뭇잎의 향기를 느끼면서 하나의 독립된 나무로 인식되는 과정을 소개하는 책이다. 벚나무는 꽃이 피어서 이름이 불리고, 느티나무는 그늘이 짙은 여름에 진가가 드러난다. 계수나무가 있다. 가을이면 잎에서 솜사탕 향기가 난다고 한다.

기억을 떠올리면 진천 길상사 산언덕에서 나무를 처음 보았다. 여름이었다. 자드락길로 산을 올랐다. 달나라에서 토끼와 함께 있던 계수나무를 옮겨왔다는 지인의 너스레도 싫지 않은 오후였다. 그때는 발견하는 감동만 있었다. 가을이 되면 달콤한 향기에 취하고자 계수나무를 보러 갈 생각이다. 추억하는 시간을 떠올리는 것으로도 그림책 읽기는 만족이다.

살아가면서 가장 가까이 있어서 못 본 것이 냉이꽃만은 아니다. 스친 인연도 평범한 하루도 자세히 들여다보면 모두 소중하고 빛나는 존재다. 보이는 것이 전부가 아닌 세상을 마음 열고 바라볼 일이다.

너도 꽃이야

개인이 가꾸는 정원을 소개하는 프로그램을 즐겨 본다. 주인의 인생철학과 식물에 대한 깊은 애정, 가꾸면서 배우고 묵묵히 기다리며 만족한 삶을 즐기는 모습을 보면 덩달아 기분이 좋다.

60세 이후 시작하여 정원이 놀이터고 쉼터이며 아름다움을 이웃에게 나눠줄 수 있어서 행복하다는 제주 할머니 모습은 꽃처럼 고왔다. 나이가 들면서 내일을 계획하는 일이 망설여지는데, 나도 정원을 만들 수 있다는 희망과 용기를 갖게 했다.

야생화 정원을 가꾸는 사람은 나리꽃만큼은 어디서 자라든 그대로 둔다고 한다. 당신을 믿고 지지해준 시아버지가 준 꽃씨가 나리꽃이었기에 나리꽃은 시아버지 마음의 꽃이다.

퇴직 후 고향으로 돌아와 정원을 만든 남자분은 계절마다 바뀌는 정원의 빛과 흙의 노동에서 의미를 찾고 즐겼다. 꽃은 계절을 알고 제자리에서 피어 나붓거리다 떨어지기를 반복하는데 주인은 방송 촬영이 끝나기 전 돌아가셨다는 소식을 전했다. 생전 즐겨 쉬던 의자가 클로즈업되었다. 정원의 꽃 빛이 날아올랐다. 아름다운 정원은 사람의 마음을 움직이게 한다. 선한 영향력을 준다.

올해 남편은 귀농했다. 밭 근처 넓은 땅을 나만의 정원으로 가꾸리라 계획 세웠다. 흙도 일구기 전 꽃을 상상했고 나무 그늘의 시원함을 미리 느끼며 행복했다.

그러나 오랫동안 야생풀이 자라던 곳이라 뽑고 뽑아도 다시 나왔고, 흙 속에 묻힌 돌멩이며 썩지 않은 나무토막들을 치우는 일도 만만치 않았다. 시작하자마자 지저분한 주변 환경으로 자신감을 잃었다.

그 사이 민들레꽃이 피더니 제비꽃도 피었다. 냉이꽃 아래 숨어있던 청개구리를 보았을 때는 마음이 흔들렸다. 망설이는 동안 돼지감자 싹이 올라왔다. 성장 속도가 빨라 주변을 모두 차지할 것 같아 불안하지만 그냥 두기로 했다. 가을날 돼지감자 꽃도 아름다운 풍경이 될 것이다.

도라지 씨를 뿌린 밭은 풀과의 싸움이다. 봄 가뭄이 심해서 오래도록 싹이 나오지 않더니 며칠 전부터 마른 흙이 갈라지며 싹이 나오기 시작했다. 가까이 들여다봐야만 보이는 싹에 비해 멀리서도 보이는 것은 풀이다. 마치 제 자리인 양 차지하고 거침 없는 풀의 힘을 보면서 도라지가 자라서 꽃피울까 걱정이다.

목요일 수업하는 학교는 야외 테라스가 있다. 2층 교무실 야외 테라스는 희귀한 화분이 여러 개다. 화분도 잎사귀 모양도 다양하고 화초의 높낮이 구도도 잘 어우러져 작은 원시림 같다. 쳐다만 봐도 시원한데 햇빛이 쏟아지면 그늘도 짙고 바람이 불면 초록빛이 흔들려서 기분 좋은 공간이다.

4층 야외 테라스는 고추를 심은 플라스틱 화분 두 개가 있다. 시니어 학교봉사자들은 4층 휴게실을 사용한다. 그분들이 가꾸는 화분이라고 짐작한다. 지금 고추꽃이 폈다. 한 뼘 정도 자란 곳에 작은 흰 꽃이 눈송이처럼 붙었다. 나는 학교 울타리에 핀 장미보다, 잘 가꾸어 놓은 화단의 꽃보다 고추꽃이 더 좋아서 훔쳐보듯 즐긴다.

농막 주변에 꽃밭을 만들려던 생각을 접었다. 내 욕심으로 자연의 자리를 훼손하고 싶지 않다. 둘러보니 찔레꽃도 피었고 산딸기꽃은 지고 열매를 맺었다. 뽕나무 오디도 익어간다. 있는

그대로 지켜보고 즐겨볼 생각이다. 누구나 한순간은 꽃이었고
아름다웠을 테니까.

이름값 한다

　내용보다 제목으로 기억하는 시 중에 장석남 시인의 「꽃차례」 가 있다. 꽃이 피는 순서의 소식처럼 우리 삶도 차례의 연속이다. 서열의 차례, 안전의 차례, 규범의 차례, 형식의 차례. 서로 배려 해주는 마음이 있어 차례는 아름답다. 그러나 요즘 자연은 그렇 지 않다. 봄꽃은 차례대로 피지 않은 지 오래됐다. 한꺼번에 피고 함께 진다. 기후변화가 자연의 순서에 틈을 내고 개화 시기 영향 을 주는 현실과 마주하면 「꽃차례」 시가 생각나고 읊조린다.

　그런데 올해 농사를 지으며 풀도 차례가 있다는 것을 알았다. 대부분 잡초로 불리지만 농작물에 피해를 많이 주는 풀은 이름 이 있다. 또 나오는 순서도 계절이 있고 특성도 조금씩 다르다.

명아주는 봄에 나온다. 예전에는 지팡이로 만들어 썼을 만큼 성장 속도가 빠르고 단단한데 뽑지 않았을 경우다. 이른 봄에 보드라운 이파리가 나비 모양쯤 됐을 때 뽑아주면 이후로는 쉽게 뽑혀서 풀 중에 가장 만만하다.

바랭이는 여름 뙤약볕에도 강하게 자란다. 마디마디에 뿌리를 내리고 뻗어서 쉽게 뽑히지도 않을뿐더러 자리를 많이 차지한다. 뽑으면 주변에 흙이 모두 튀어 오른다. 흙 세례를 조심해야 한다.

왕골은 풀인데도 귀한 대접을 받았다. 논 자투리에 심어서 돗자리를 만들던 아버지의 기억이 있는 풀이다. 그와 비슷한 모양의 풀이 방동사니다. 지금 꽃이 피기 시작했다. 갈색 꽃을 가운데 모으고 호위하듯 길쭉길쭉한 꽃받침이 사방에서 받쳐준다. 잡초로 보지 않으면 풀꽃도 예쁘고 신비롭다. 하지만 풀씨가 생기기 전에 뽑아야 한다. 방동사니 꽃대는 단단해 보이지만 쉽게 뽑힌다. 우산 풀이라며 꺾어 놀던 추억 하나도 같이 버렸다.

제일 골치 아픈 풀은 쇠비름이다. 잘 썩지 않아 뽑아버린 곳에서도 자라고 꺾어져도 꽃을 피워 씨앗을 퍼트린다. 밭고랑에는 쇠비름꽃과 공생하는 벌레들이 있다.

꽃가루를 묻힌 벌레들이 돌아다니며 부숴놓은 흙무더기가 쇠비름의 영역이다. 한 번은 너무 많이 올라와서 흙을 떠서 버렸다. 그런데도 같은 자리에 같은 방법으로 싹이 나왔다. 후에 안 일이지만 쇠비름 씨는 땅속에서 10년 이상 산다고 한다. 강하고 왕성한 성장으로 농작물에 피해를 주는 쇠비름이지만 붉은색 첫 잎은 다육식물과 비슷해서 화초처럼 예쁘다. 그러나 방심하면 안 된다. 순식간에 자라고 통통한 줄기는 약해서 잘 부러지는데 생존전략이다. 쇠비름의 생명은 뿌리가 아니다. 부러진 줄기로부터 시작이다. 그래서 뿌리는 짧고 낮게 내리며 줄기는 쉽게 부러뜨려 생명을 이어간다.

예전에는 풀이 순환되었다. 논둑이나 밭둑에 자란 풀은 소의 먹이였고 풀도 건강한 거름이 되었다. 또 풀은 베어지고 뽑히면서 순해지는데 지금은 쓰임이 없다 보니 기세만 강해지고 있다.

외래종 기생 잡초도 보인다. 미국실새삼인데 예전에는 없던 풀로 노란색 넝쿨이 도라지 줄기를 감아가며 자란다. 가늘고 촘촘하여 끊어내기도 어렵고 감싼 줄기를 뽑으면 여러 가닥으로 엉켜있어 제거하기가 어렵다. 성장속도도 빠르고 독성이 있어 미국실새삼이 있는 곳은 농작물이 삭아서 죽는다. 우리 땅에 와서 살려는 몸부림의 힘이 토종 풀 사이에서 치열하다.

몇 번의 폭우가 지나며 더위도 물러서는 듯하고, 호미를 씻는다는 백중도 한참 지났는데 이름값 하는 강한 풀 때문에 아직도 호미를 놓지 못하고 있다.

아슬아슬한 생존

긴 장마와 폭염, 다시 태풍으로 멈추었던 공사 현장이 다시 움직이나 보다. 이른 아침부터 시끄러운 소리로 잠을 깨운다. 백로들도 아침을 맞았다. 창문 가까이 날아가며 내지르는 소리가 반갑다. 근처 백로 서식지는 여름이 오는 동안 변화가 있었다. 소나무 숲 일부가 개발 현장으로 또 사라졌다. 쉴 곳이 부족한 백로들은 땅으로 내려와 앉아 있다. 비가 내리면 숲 주변을 낮게 맴도는 날갯짓이 애처롭고 옹기종기 모여 있는 모습은 솜뭉치처럼 보인다.

오늘도 테크노폴리스 개발은 역동적이고 백로 서식지 환경은 늘 위태롭다. 우리, 안 떠날 거야. 도와줘. 시위하듯 몇 마리는 숲을 지키고 있다. 공사장의 중장비는 점점 늘어나고 근처 주민 불만도 여전하다. 해법을 찾지 못하고 있는 지금, 둥지를 지키려는 새와 터를 개발하는 인간과의 위태로운 거리가 아슬아슬하기만 하다.

백로 서식지가 내 집에서 가까이 보이는 것은 밭에 있던 시설하우스며 몇 채 있던 집이 없어지고부터이다. 밭을 흙으로 메우고 다지고, 다시 메우고 다지면서 대형트럭이 수없이 오갔고 중장비가 바쁘게 움직였다. 각기 다른 밭들이 합쳐진 땅은 대형운동장이 되었다. 나는 시야가 넓어졌다. 소나무 숲도 잡힐 듯 가까이 느껴진다. 그곳에는 대형트럭이 다니면서 만들어진 길이 여러 개다. 흙길은 자유롭고 자유로움은 흙먼지를 몰고 다닌다. 백로가 다니던 길도 있었을 것이다. 하늘 위의 길, 인간들이 관심 없던 새의 길은 자유를 잃었다. 그리고 긴 장마가 시작됐다.

흙은 생명을 품으면서 다시 부드러워졌다. 푸릇푸릇 싹이 올라왔다. 원래 밭이었던 곳이라 풀은 틈을 좁히며 터를 넓혔다. 바라보면 황량하기만 한 곳에 초록빛은 공허함을 채워주었고 백로 서식지로 가는 마음의 다리가 되었다. 공사가 시작되기까지 풀은 힘을 뻗어 넓혀갈 것이다. 그러나 풀의 위력이 공사가 잠시 멈춘 장소라서 아슬아슬하다. 존재를 드러내어 보호받지 못하는 것 중에 하나는 풀이다.

귀농 2년 차 농사짓는 우리 밭은 풀밭이 되었다. 한가롭게 집에서 밖의 풀을 볼 때는 생명의 힘이 놀라운데, 내가 뽑지 않으면 안 되는 밭의 풀 생명력은 기운찰수록 무섭다. 봄에는 고랑사이 풀도 뽑고 도라지 틈새 풀도 뽑으면서 여유롭게 보냈다. 그런데 어느 순간 풀이 자라는 속도를 따라가지 못했다. 갈팡질팡하는 사이 손으로 뽑지 못할 만큼 뿌리를 내렸다. 풀도 우성이 있어서 약한 풀을 이긴 성질은 대단한 힘을 갖고 있다. 주변에 있는 것을 모두 초토화한다.

도라지는 풀뿌리보다 깊게 뿌리를 내린다. 무성한 풀 속에서 잘 견디었다. 어느 날 풀꽃이 피었다. 망초였다. 강하고 질겨서 원망스럽던 풀이 밭 전체를 하얗게 덮은 풍경이 아름답다. 애잔하고 황홀하다. 그 사이사이 보랏빛 도라지꽃도 피었다. 멀리서 보면 서로 어우러진 꽃은 신비로운 화원을 보는듯하다. 아침 일찍 밭둑을 걸으면 햇살에 뭉친 이슬이 톡, 툭 따라오고 망초꽃 물결에 휩싸이다가 다시 도라지꽃에 묻히는 기분은 하늘을 나는 듯 가볍다. 그러나 망초꽃도 뽑아야 할 풀이라 생각되면 한숨만 나온다. 망초 때문에 도라지 농사 망치는가 싶어 답답하다.

유례없는 장마로 연일 인명과 농작물 피해 소식이 들려온다. 밭으로 가는 마음도 불안했다. 그런데 웬일인가. 망초와 함께 있는 도라지는 그대로인데 풀이 없는 곳의 도라지는 모두 쓰러졌다. 지금까지 눈엣가시처럼 마음을 불편하게 했던 풀이 도라지의 지지대 역할을 할 줄은 몰랐다. 그러나 비바람에 쓰러지지 않도록 지탱해 준 것은 다행이지만, 강한 뿌리 힘이 도라지 생육에 어떤 영향을 줄지 모를 일이다. 도라지와 풀과 아슬아슬한 생존도 자연의 힘인 것을.

꽃이 피어서 아프다

　이른 봄 친구를 만났다. 찬바람으로 겨울과 봄의 경계가 모호한 날이었다. 봄소식이라며 산수유꽃 사진 두 장을 보여준다. 그녀는 그 길을 몇 년째 다녔지만 가로수가 산수유였다는 것을 올해 처음 알았다고 한다. 시간 강사로 바쁘게 움직이는 그녀가 꽃을 보았다는 것은 여유로워졌다는 의미다. 사진이었지만 향기가 느껴졌다. 따뜻한 봄바람도 부는 듯했다.

　사진에서 차이점을 찾아보라고 한다. 만개하지 않아 차이점은 간단했다. 붉은 열매와 꽃, 일찍 핀 꽃과 꽃봉오리…. 그녀 눈빛을 살피는데 사진을 확대하여 보여준다. 열매가 달린 가지에는 꽃이 피지 않고, 열매를 떨어뜨린 것에는 꽃이 피었다. 그녀도 지나갔다가 다시 돌아올 정도로 놀라워 사진을 찍었고 내게 보여주고 싶은 것은 꽃이 아니라 열매라고 했다.

우리는 산수유 열매를 보며 다양한 시각에서 현실을 이야기 나누었다. 나와 관련 없는 것에는 무심하게 살아가는 나와는 달리 그녀는 사려 깊은 견해로 대화를 이끌었다. 예전과 다른 모습에 놀랍고 감동적이어서 마치 강의를 듣는 기분이었다. 대화 끝에 내가 끼어든 말은 산수유 열매를 비유하여 내려놓는 것 비우는 것만큼 어려운 일은 없다고 하니 그녀 역시 적당한 시기를 알아야 함은 자연도 사람도 마찬가지라고 응수했다.

요즘 가장 관심 많고 걱정되는 청년 실업률을 산수유나무로 비유하면 열매는 노년의 부모 모습이다. 취업이 되지 않아 부모에 의존하여 살아가는 젊은이도 안타깝지만, 열매를 떨어뜨리지 못하는 나무도 안쓰럽기는 마찬가지다. 나무는 열매를 떨어뜨려야 다음 해 꽃을 피우고 다시 열매를 맺는다. 그러나 열매를 떨어뜨리고 싶어도 아래는 희망이 없는 허공이다. 열매가 썩어 싹을 틔울 흙이 없는 현실, 꽃을 피울 수 없는 봄이 춥고 서럽다.

그러나 또 다른 윤기 나는 산수유나무 열매도 있다. 캥거루족인데 결혼과 취업도 했지만 모든 생활을 부모에 기대어 살아가는 젊은이들을 비유한 신조어다. 또 캥거루 부모는 경제적 자립을 하지 않는 자식과 함께 사는 부모를 말한다. 우리가 알고 있는 캥거루 새끼는 어미의 육아낭 속에 자기 힘으로 기어들어가 산다. 의지의 삶이다. 겉모습만 보고 비유한 신조어 캥거루족은 의존하는 나약함의 합리화다.

친구와 헤어져 오는데 꽃이 피어 아픈 기억 하나가 떠올랐다. 정북동 토성이다. 토성 안에 집이 있던 해다. 봄날 늦은 저녁이었다. 허물어진 집 울타리에 살구나무 한그루가 쓰러졌다. 크기와 굵기로 보아 오랜 시간 그곳에서 살았을 나무는 뿌리가 뽑혔는데도 꽃을 피웠다.

나는 걸음을 멈추고 몰려오는 어둠을 그대로 맞았다. 산산이 부서진 집과 어수선한 살림살이들에 마지막 인사라도 하듯 살구나무는 엎드려 마지막 생 절정의 꽃을 피우고 있었다. 꽃 빛은 울음 같기도 하고, 기도 같은 간절함을 쏟아내는데 토성 안이 점점 환하게 빛났다. 분홍빛 작은 꽃등은 토성에서 세월을 모두 거두고 하늘로 오르는 듯 가벼웠다. 어둠이 꽃을 감싸고 안았다. 나도 살구꽃을 다독여주고 싶었다. 그러나 토성 안으로 들어가지 못했다. 처연하고 아름다워서 사위지 않는 꽃불만 오래도록 지켜보았다.

산수유꽃이 피었으니 온 누리에 봄빛이 가득할 날도 머지않았

다. 일찍 핀 꽃은 반가움으로 기억되고 지는 꽃은 추억으로 남는
다. 그러나 가장 빛나는 꽃은 아픈 기억으로 남아 있는 꽃이다.

향기 속으로

잎사귀가 거실 천장에 닿을 듯 자란 행운목은 올해도 꽃을 피웠다. 꽃대가 봉긋하게 올라와서야 알게 되었고 놀라움도 잠깐, 꽃대는 한 뼘 정도 올리고 고개를 숙였다. 더 높이 뻗을 공간이 없다. 작년에도 그랬고 그 전해도 꽃대는 옆으로 늘어졌다. 아파트 층고가 낮아 편히 피우지 못하는 꽃이 안쓰러워 실로 지지대처럼 해주었지만 꽃피는 동안 내내 미안하고 속상했다.

퇴근하고 무심코 집에 들어왔을 때 진동하는 꿀 냄새, 숨이 막힐 정도의 달콤한 향기는 정곡을 찌르듯 아뜩했다. 저녁에 피어 밤이면 지고 한번 핀 꽃은 다시 피지 않는다. 그래서인가. 여러 송이의 꽃잎을 방울처럼 달고 하나하나 피었다가 눈물 같은 꿀을 뚝뚝 떨어뜨리며 진다. 키가 커서 목을 젖혀 위로 봐야만 하는 꽃은 오래 마주하면 목이 아프다. 같은 화분에서 다른 싹으로 올라와 자란 가지에서도 작년부터 꽃을 피웠다. 오래된 가지보다 꽃대의 길이도 짧고 꽃송이도 많지 않지만 신비롭다.

두 개의 가지에서 뿜어내는 꽃향기로 저녁을 맞이하는 올해의 봄은 좋은 일이 생길 거라며 축복해 주는 사람들의 마음과, 좋은 일을 기대하는 희망으로 맞이했다. 그럴수록 천장의 높이에 닿는 잎이 안타까워 환경이 좋은 곳으로 보내야지 생각한다. 나름 생각해 놓은 곳도 있다. 그러다가 꽃을 보면 생각을 잊는다. 함께 더 살고 싶다. 욕심일까.

도라지 밭을 그대로 갈아엎기로 했다. 작년에 웃자란 풀을 뽑지 못하고 해를 넘겼다. 겨울에도 죽지 않고 무성하게 자란 풀은 봄볕에 초록빛이 되었다. 판매를 하려고 했지만 중간 상인과 의견이 맞지 않았다. 그 사이 싹이 올라왔다. 뿌리는 모든 영양분을 싹에 올려보낸다고 한다. 싹이 나온 도라지는 약용으로 식용으로도 상품 가치가 없단다. 농약을 뿌리고 한해 더 키우라고 말하는 사람도 여럿 있었지만, 풀도 도라지도 다시 흙으로 돌아가 거름이 되었으면 했다.

내 손으로 키운 작물이라 정 들고 소중하여 한 뿌리도 캐보지 않은 도라지를 밭갈이하기 전에 캐 보기로 했다. 며칠 전 비가 내려 밭은 질고, 뿌리를 깊게 내려 캐는 일이 쉽지 않았다. 풀속에서 자라 걱정했던 것과는 달리 실했다. 튼실한 뿌리가 올라올 때마다 도라지 향이 함께 올라왔다. 몇 뿌리 캐지 않았는데도 마음이 명징해진다. 흙 사이로 지렁이도 굼벵이도 달팽이도 함께 올라왔다. 도라지 농사로 돈은 벌지 못했어도 흙이 살아있으므로 위안이 되었다.

도라지 향으로 개구리도 뛰고 나비도 날아왔다. 새들도 지저귄다. 따뜻한 봄날이다. 밭고랑에 앉았다. 커다란 망초 풀이 풀방석이 되었다. 뽑지 않을 거로 생각하니 풀에 대한 감정도 사라지고 강인한 생명력이 든든했다. 쑥도 있다. 쑥국 끓일 만큼만 손안으로 담았다. 건강한 민들레는 진한 노란빛을 하늘 높이 올리고 냉이꽃이며 이름 모르는 작은 풀꽃과 씀바귀, 키 작은 풀들이 어우러져 밭을 덮고 있다.

그래도 보랏빛 도라지 새싹이 제일 예쁘다. 처음으로 농사짓고 실패의 아픔을 안겨주었지만 느낀 점도 많다. 현실을 꿈꾸듯 보았고 씨를 뿌리며 수확의 수입을 계산했다. 또 도라지는 하나의 뿌리에서 여러 개 싹이 나와서 많은 것처럼 보여준다는 것과, 생육은 풀의 영향보다는 함께 뭉쳐있을 때 덜 자란다는 것, 보이는 꽃보다 보이지 않는 뿌리가 더 향기로움을 알았다. 무엇보다 농부의 마음과 우리 농작물의 귀함을 배웠다.

여유롭게 도라지를 캤다. 욕심을 부려도 될 것 같다. 보드라운 흙이 좋아 장갑을 벗었다. 손톱 사이에 흙이 들어가도 손끝이 까맣게 물들어도 좋았다. 실패한 첫 수확은 2년 고생한 우리 부부에게 소중한 시간과 친환경 농작물을 주었고 향긋한 도라지 냄새는 일침이 되었다.

봄바람이 분다. 다양한 생물이 함께 살아가는 건강한 흙에서 자라는 풀의 냄새가 풀꽃향기가 내 몸으로 감긴다.

2

처음이라 당황했어

누군가를 만날 수도 없고
만나자는 연락도 없는 닫힌 공간에서
아무것에도 집중하지 못했다.
텔레비전은 방송사마다 코로나19를 특집으로 다뤘다.
암울하고 무섭고 답답했다.
식물을 기르는 것도 면역력을 키우는 데 도움이 된다고 한다.

웃음을 드렸습니다

웃을 일이 없다. 목젖이 드러나도록 호탕하게 웃어본 적이 언제인가 싶다. 웃지 않고 살다 보니 웃음조차 생소하다. 사회적 거리두기를 2년째 지속되면서 만남의 폭이 좁아지니 대화할 사람도 없고 전화 통화로는 웃음이 제대로 전달되지 않는다. 웃음도 서로 마주 보며 시원하게 웃어야 즐거움을 느끼고 행복하며 스트레스도 풀린다.

모 방송국에서는 개그 프로그램을 폐지했다. 소제가 신선하지 못하고 공감대 형성이 부족하여 시청률 하락이 원인이라고 한다. 시청자입장에서 나는 폐지된 개그 프로그램이 아쉽다. 가끔은 억지로 따라 웃는 쓴웃음일지라도 잠시 복잡한 일을 잊을 수 있어 기다리는 시간이었다.

유머는 흐른다는 또 다른 뜻을 가지고 있다. 상대가 웃길 때 반응하는 것도 유머에 속한다. 나는 감성은 풍부한테 감정은 건조한 편이다. 슬픈 일에 공감하여 울지 못하고 웃음도 냉소적이다. 누군가 곁에 있으면 눈치 보느라 솔직하게 드러내지 못한다. 그렇다고 드라마나 영화를 혼자 볼 때는 솔직한가. 그렇지도 않다. 소리 내어 웃지 않고 슬픈 장면인데도 울지 못한다. 상황 몰입도 늦고 감정 전달이 한 템포 느려서 오해를 자주 받는 편이다. 그래서 감정이 솔직하고 적극적인 사람이 부럽기도 하고 좋다.

그래서 공감이 솔직하고 적극적인 사람이 부럽기도 하고 좋다. 상황의 몰입이 늦고 감정 전달이 한 템포 느려서 오해를 자주 받는 편이다.

고 개그맨 김형곤 씨는 '웃음의 날'을 제정하자고 한 적 있다. '웃음의 날'은 그동안 서운했던 감정이 있는 사람에게 꽃이나 책을 선물하면서 화해하고 웃어보자는 취지였다. 그러나 일회성 캠페인으로 끝났다. 당시만 해도 '웃음'의 필요성을 절실히 느끼지 못하여 관심 두지 않았을까. 코로나19가 장기화되는 지금 웃음의 날을 다시 제정하자고 한다면 사람들의 반응이 어떨지 궁금하다.

웃음은 건강과도 밀접하다고 한다. 면역력 증진과 우울감 감소, 폐활량과 소화 기능도 좋아진다고 한다. 다이어트 효과까지 있다고 하니 억지로라도 웃어야 할 것 같다.

요즘 별안간 눈이 나빠진 것을 느낀다. 컴퓨터에서 작업할 때 글자가 선명하게 보이지 않는다. 노안이라 생각하며 견디는데 내 서류나 원고를 받는 상대에게 잦은 실수는 단점으로 굳어진다.

최근 일이다. 성인 대상 글쓰기 프로그램을 올해는 화상수업으로 진행한다. '제목 붙이기'라는 주제로 수업하는 날, 제목을 보고 어떤 방향으로 생각하는지 궁금했다. 수필 전문지에 실린 작품의 제목을 임의로 뽑아 제목만 보고 읽고 싶은 것을 꼽으라고 했다. 의견이 분분했다. '술숲' 제목 때문이었다. 의아하고 궁금하다는 것이다. 술숲? 이란 말에 아뜩했다. '솔숲'이라고 썼다고 생각했는데 활자는 '술숲'으로 되어 있었다. 내 실수로 술숲으로 바뀐 제목이 으뜸으로 뽑혔다.

또 다른 실수는 작품을 읽으면서 확인되었다. '長毋相忘'이 '長母相忘'으로 한자표기를 잘못해놓아서 버금으로 뽑힌 글은 '毋'를 '母'로 읽고 소개했다. 반복된 실수에도 한자 공부를 해서 의미 있고 오랜만에 재미있게 웃었다며 부끄러운 내 마음을 덮어주었다. 또 즐거운 수업 분위기를 위한 전략적 재치였다고까지 했다.

한동안 단톡방에서는 다양한 웃음 이모티콘을 주고받는 소리로 소란했다. 뒤센 미소는, 진짜 기쁨과 행복으로부터 나타나는 웃음을 말한다. 실수를 덮어준 이해와 웃음 이모티콘이 고마우면서도 무거워 그날도 나는 웃지 못했다.

그래도 실수의 눈(目)으로 본 글이 소재가 되어 웃음도 주고 글도 쓰고 있으니 참 고마운 일이다. '長毋相忘' 사람과의 관계에서 이보다 의미 있는 글이 있을까. 잊지 말고 서로 기억하기를, 내 마음의 답으로 보낸 '長毋相忘'이 母로 보내지 않았을까 불안하지만 실수를 이해할 거라고 믿으니 노안은 답답한 것만은 아니어서 다행이다. 눈(目)이 마음이란 것을 다시 느낀 실수였다.

뿌리에게

주방 창가에 반 뼘 정도의 돈나무 가지를 물에 담가 놓은 지 석 달이 지났다. 지인 사무실에 들를 때면 잎이 싱그러워 눈길이 자주 가던 나무다. 창에서 멀리 떨어져 있어 볕이 들지 않는데도 윤기가 흘렀고 튼실했다.

'돈나무'라고 했다. 이름처럼 나무를 키우면 부자가 된다고 한다. 솔깃한 속설에 휘어진 가지 하나를 잘랐는데 키우기도 수월하단다. 가지를 물에 담가놓으면 뿌리가 내린다고 하니 기다리는 재미를 느껴보고 싶었다.

아끼는 그릇에 꺾어온 가지를 담갔다. 주방 창가에 놓고 자주 바라볼 생각이다. 반짝이는 몇 개의 초록 잎으로 주위가 밝아졌다. 설거지할 때나 음식 만들다가 쳐다보면 싱그러운 잎은 스산한 겨울을 이겨내는 힘이 되었다. 희망도 생겼다. 뿌리는 보이지 않았지만 생기를 잃지 않은 잎으로 살아 있음을 확인했다.

겨울방학이 끝날 무렵 코로나19가 심각해졌다. 개학이 연기되었다. 준비하고 계획 세웠던 것들은 느슨해졌고 생활 리듬도 깨졌다. 새 학기를 기다리는 행복한 시간에는 코로나19도 두렵지 않았는데, 개학 연기로 불확실한 미래가 불안하고 초조해졌다. 누군가를 만날 수도 없고 만나자는 연락도 없는 닫힌 공간에서 아무것에도 집중하지 못했다. 텔레비전은 방송사마다 코로나19를 특집으로 다뤘다. 암울하고 무섭고 답답했다.

식물을 기르는 것도 면역력을 키우는데 도움이 된다고 한다. 식물의 녹색 잎은 마음이 편안할 때의 뇌파인 '알파파'가 활성화되어 우울증과 스트레스가 줄어드는 효과가 있다. 코로나19로 답답하게 보내는 시간을 해소하기 위해 평소 해보고 싶었던 콩나물을 길러보기로 했다.

어린 시절 방 한쪽에 놓인 커다란 콩나물시루는 귀찮은 존재였다. 놀 때도 건드리지 않도록 조심해야 했고, 숙제처럼 물도 줘야 했다. 그러나 바가지 가득 흩뿌리듯 물을 주면 콩나물 사이사이 지나는 물소리는 듣기 좋았다. 면 보자기를 덮으며 살짝 만져보면 봉긋하게 느껴지던 콩나물의 힘. 뽑으면 미끈하게 올라오는 통통한 속살의 신비로움은 마지막 떨어지는 물방울 소리와 함께 좋은 기억으로 남아 있다.

주문한 시루와 콩나물 콩이 왔다. 어렸을 적 기억을 떠올리며 콩을 불리고 싹이 트기까지는 수월했다. 물을 줄 때마다 콩은 윤기가 흘렀고 통통한 뿌리가 보일 때는 신기했다. 그러나 뿌리 끝이 뾰족해지면서 성장은 빨랐고 잔뿌리가 생기는가 싶더니 금세 무성해졌다. 몇 개 콩은 뭉그러져 냄새도 났다. 물주기가 잘못되었나 싶어 인터넷을 검색하니 통일성이 없다. 뿌리 색이 갈색으로 변하면서 마음도 함께 타들어갔다. 안다고 생각한 기억은 일부였고 경험이 없는 의욕은 실패의 현실이 되었다.

돈나무에도 변화가 생겼다. 가지 끝이 으깨지듯 찢어진 사이로 아기 유치(乳齒) 나오듯 뿌리가 살짝 보인다. 뿌리 힘이 가지의 생살을 마구 찢어도 품어주는 인내의 고통이 그대로 전해져서 가슴이 뭉클했다. 누구든 생명을 자신의 몸 밖으로 내보내는 산고는 숭고하고 아름답다.

북쪽으로 있는 주방 창에는 돈나무 뿌리가 자라면서 봄기운이 먼저 왔다. 바람은 아직 차갑고 사람들도 '사회적 거리 두기'로 서로 멀어진 요즈음, 돈나무와 나는 밀접접촉자로 지낸다.

방역 마스크 필요 없음. 손 세정제 없어도 됨. 그래도 나는 안전하다. 느리지만 단단하게 자라는 뿌리의 힘으로 위로받고 용기를 얻는다. 가까울수록 좋은 거리, 돈나무와 눈 맞춤 시작이다.

안녕하신지요

코로나19 백신을 맞고 왼쪽 어깨가 불편하다. 주사 부위 통증과 근육통이 있을 거라고는 알고 있었지만, 왼쪽 팔을 쓸 때마다 느끼는 쓰라린 통증은 상을 찡그리게 한다. 몇 년 전 오십견이 왔을 때도 왼쪽이었다. 평소에 오른팔을 많이 사용한다고 생각했는데 관찰해보니 왼쪽 팔을 더 쓴다.

물건을 들 때도 커피를 마시거나 물을 먹을 때도 왼쪽 손을 사용하고 컴퓨터를 중심으로 책상의 물건도 왼쪽에 있다. 잠을 잘 때도 왼쪽으로 눕고, 숟가락도 왼손 사용이 자연스럽다. 왼손잡이는 아니다. 왼손을 쓰다 보니 익숙해졌고, 오십견을 겪으면서 행동을 바꾸리라 다짐했지만 굳어진 습관은 변하지 않았다. 통증을 느낀 후에야 백신 접종을 했다는 것을 실감한다.

백신 접종 이후 남편과 관계도 가족과 거리도 가까워졌다. 소식이 뜸하던 자식들은 건강 상태를 수시로 물어온다. 늘 대화가 어긋나서 멀어지던 남편과도 공통된 주제로 대화를 나누며 불안함을 떨쳐내고, 서로 관심 두고 위로하면서 분위기가 훈훈해졌다. 같은 공간 안에서 서로를 애정 어린 눈빛으로 바라보기는 오랜만이다.

바쁘다는 핑계와 별일 없이 건강할 거라는 믿음으로 주변 사람들에게 무관심했던 단단한 감정이 코로나19 백신 접종 이후 유순해졌다. 먼저 다가가 "안녕하십니까?" 진심으로 인사한다. 안녕이란 말은 짧지만 많은 감정과 언어를 담고 있다. 나이가 들면서 기억하는 부분이 좁아지고 건강도 예전과 다르며 사고로부터도 안전하지 못하다는 것을 느낀다. 그래서 "안녕" 인사가 소중하고 절실하게 와 닿는다.

학기가 끝날 무렵이면 학생과 학부모 대상으로 만족도 조사를 한다. 학생에게는 직접 설문지를 나눠주고 하는 경우가 있는데 설문 끝에 강좌에 대한 의견을 쓰는 부분이 있다. 어떻게 썼는지 궁금하여 읽어보니, "선생님 아프지 마세요."라고 쓴 글이 많았다. 수업 끝나고 인사할 때, 코로나19 조심하라는 말 대신 아프지 말라고 했던 것을 그대로 나에게 한 말이어서 가슴이 뭉클했다. 아프지 않으려고 맞은 백신으로 문득문득 고통을 느낄 때마다 아프지 말라는 아이들 말을 떠올리며 견딘다. 모두 안녕한지 안부를 묻고 싶은 날이다.

친정엄마 훔보기

눈여겨보지 않으면 관심 없으면, 또 그곳에 대해 알지 못하면 그냥 지나치는 곳에 앵두가 익었다. 이파리 사이로 언뜻 보이는 붉은 빛, 터질 듯 부푼 앵두를 보니 입안에 침이 고인다. 몇 알은 떨어져 개미 밥이 되었고 그늘진 곳은 불그스레한 빛만 돈다.

코로나19로 봄이 서러워 꽃을 피우지 않았는지 예전처럼 많이 열리지 않았다. 열매도 작다. 한 알 따서 입에 넣으니 단맛보다 떫은맛이 강하여 삼키지 못했다. 바라보는 것으로 유월의 앵두를 즐길 생각이다.

친정집 뒤뜰에도 커다란 앵두나무가 있었다. 울타리 깊숙이 있어 앵두꽃은 우리 식구만 보았다. 순박한 앵두꽃은 울타리 너머로 향기를 날려보지만 농사짓기 바쁜 마을 사람들은 관심 없었다. 봄날 꽃은 어디서든 흔했다. 그즈음 엄마는 뒤뜰로 자주 가셨다. 꽃을 보러 간다고 생각했다. 그늘지고 외진 곳은 앵두나무가 꽃 피는 동안 화사했다.

봄은 잠깐이다. 앵두꽃도 잊었다. 다시 그늘이 짙어진 뒤뜰로 마을 아이들이 몰려왔다. 앵두가 익은 걸 어떻게 알았는지 앵두나무 주변을 에워쌌다. 한 알이라도 더 따려고 가지를 부러뜨리기도 하고 몸싸움하면서 소란했다. 아이들 발소리에 예민해진 사람은 엄마였다. 수시로 뒤뜰로 가서 살폈고 못 마땅해했다. 어떤 때는 집에 들어오는 아이를 호통 쳐서 울리기도 하고 대문을 잠그는 날도 있었다.

나는 그런 엄마가 창피하고 싫었다. 앵두가 많이 열렸는데도 나눠주지 않는 인색함이 미웠고 "나가!"라고 소리치는 목소리도 낯설었다. 그렇다고 앵두를 우리 가족만 먹는 것도 아니었다. 알이 작아서 따기 지루했고 껍질이 얇아 손안에서 금방 터졌다. 떫은맛도 강하여 많이 먹지 못했다. 그래서 몰래 들어온 아이들이 땄다가 버린 것과 저절로 떨어진 것들이 짓이겨져 나무 아래는 지저분했다.

나도 엄마가 되고, 엄마만큼 늙어가면서 심원했던 엄마를 이해하는 마음이 넓어졌다. 엄마가 앵두나무 근처로 자주 간 것은 자투리땅을 일구어 씨앗을 뿌렸기 때문이었다. 정성 들여 가꾼 가족의 먹거리 채소를 개구쟁이들이 짓밟아 놓을까 염려가 되어서다. 아이들은 앵두에만 시선이 가기에 농작물이 불안하여 한 행동이 나는 괴이하게 받아들이고 엄마와의 거리를 만들었다.

부끄럽게도 삶은 같은 경험을 통해 상대를 이해하고 공감대를 형성한다. 친정엄마는 귀가 들리지 않았다. 언제부터였는지 모른다. 엄마와 오랫동안 조곤조곤 이야기해 본 적이 없다. 항상 소리 높여 말하고 단답형으로만 대화했다. 목소리도 유난히 컸다. 그래서 가끔은 깜짝 놀라기도 하고 늘 화가 나 있는 것 같았다. 어느 날 평소보다 텔레비전 볼륨을 높이고 뒷자리 앉은 학생의 발표 소리가 또렷하게 들리지 않는 것을 느낀 순간, 나도 엄마처럼 목소리가 커진다는 것을 알았다. 내 목소리는 상대의 소리가 들리지 않는 만큼 저절로 높아갔다.

오해가 이해로 바뀌고 다시 이해한 마음은 후회로 그리워진다. 엄마가 돌아가신 후 흉보는 일이 많아진 것도 부재가 주는 외로움 때문이다. 그래서 엄마와 부딪치는 기억 하나를 찾아 실타래처럼 풀어내고 나면 텅 비었던 가슴이 따스한 기운으로 꽉차오른다. 친정엄마 흉보기는 이해와 자성의 시간이라 당분간

멈출 것 같지 않다.

맏이인 아들만 편애한 마음도 알 것 같고, 같은 말 반복하고 기억해도 금방 잊어버리는 나를 보면서 충분히 이해된다. 밥하기 귀찮아 즉석 밥 데워 먹는 날, 밥 많이 해놓고 찬밥 데워 드시던 엄마가 생각난다. 참외를 왜 긁어 드셨는지 썩은 어금니 뽑고 와서 알았고, 해진 옷을 버리지 못하는 것도 편하기 때문이었다. 자식 오면 주려고 귀하고 맛있는 음식 냉장고 깊숙이 보관하는 것과 신발이며 생활용품도 한 가지만 고집하는 것까지 엄마와 똑같은 나를 보며 못마땅했던 행동이, 우리 엄마라서가 아니라 늙어가면서 누구나 겪는 변화라는 것을 알았다.

"늙으면 똑같아진다." 엄마가 자주 하던 말씀이다. 절대 똑같아질 수 없으며 늙는 것이 무엇인지도 모르던 때, 엄마로 향하던 불만의 말은 날카로운 비난이었다. 그러나 늙으면 똑같아진다는 것을 온전히 느끼는 지금, 엄마는 계시지 않는다. 세상에서 가장 힘이 되어주는 말 엄마, 그래서 흉보는 시간이 많아진다고 하면 변명이려나.

참, 어쩌나

비 그치고 나니 맹꽁이 소리가 가깝게 들린다. 오랜 폭우를 잘 견딘 맹꽁이가 반가우면서도 야속하다. 맹꽁이가 울면 비가 온다는 말이 생각나서이다. 비를 예견하는 동물들의 움직임이나 미세한 자연의 변화가 맹꽁이 소리만은 아니겠지만, 무섭도록 내리는 비가 그만 왔으면 하는 마음이 간절하다 보니 맹꽁이 소리에 애꿎은 탓을 해보는 것이다.

도시에 살면서 듣는 맹꽁이 소리는 놀랍고 반갑고 고마운 존재다. 갱년기와 스트레스가 겹쳐 잠들지 못하는 불면의 밤, 가로등 불빛 사이로 끝없이 이어지는 자동차 소음 속에 잠깐잠깐 들리는 단음의 소리, 맹, 꽁….

맹꽁이는 한 마리가 맹, 꽁으로 소리 내는 것이 아니라, '맹'과 '꽁'의 소리 하나씩만 낸다고 한다. 맹의 소리만 내는 맹꽁이에게서는 맹 소리만 듣는 것인데도 대부분 맹꽁으로 듣고 기억한다. 그러나 소리에 취하면 분별은 의미 없다. 개발을 앞두고 있는 땅의 얼마 되지 않는 곳에서 굳건히 살아가는 맹꽁이가 대견하고 안쓰러울 뿐이다.

정겨운 맹꽁이 소리를 따라가며 흉내 낸다. 맹… 맹… 꽁. 맹꽁이가 울지 않아도 리듬을 맞출 수 있다. 다시 울기를 기다리며 흉내내다보면 가락이 되고 가락은 즐거움이 된다.

오랜 장마는 학교 운동장의 풀도 무성히 키웠다. 코로나19로 학생들이 등교를 못 해 밟지 않은 운동장은 등교 후에도 체육활동을 못 하게 되자 흙은 부드러워졌고 그 틈 사이로 풀이 나와 자리를 잡았다.

처음 몇 군데 올라온 풀을 볼 때만 해도 대수롭지 않았다. 코로나19가 끝나면 아이들은 운동장에서 뛰어놀 것이라 기다리며 틈틈이 뽑기도 하고 롤러로 눌러도 봤다. 그러나 뿌리의 힘은 위력으로 어림도 없었다. 장마의 습기로 풀은 더 강해졌고 운동장은 기능을 잃었다. 가장자리에서부터 초록빛이 짙어지더니 지금은 전체를 덮었다. 녹조현상의 힘도 저처럼 세고 빠르리라. 강에서 멀리 떨어진 내륙의 도시, 학교 운동장에서 녹색 물빛을 본다. 자연은 방심하는 인간의 마음을 읽을 줄 안다. 바람과 햇빛과 적절한 습도의 자연 시계를 이용해 인간을 무기력하게 만든다.

예초기 소리가 요란하다. 비가 그친 잠깐의 시간, 날카로운 쇳소리가 운동장을 덮는다. 땅에 맞붙어 자라는 작디작은 풀들을 예초기 칼날로 제거하기란 쉽지 않다. 풀과의 힘겨루기를 학교 운동장에서 볼 줄이야. 예초기 소리가 힘겨워 보인다.

예전처럼 아이들이 뛰어놀았다면 풀씨들은 단단한 땅속에 묻혀있을 거다. 내 자리가 아닌 걸 풀씨도 안다. 존재를 드러낼 수 없는 암흑의 침묵에 코로나19가 숨을 불어주었다. 그래서 당당하게 보란 듯, 여기가 내 터전이라며 빠르게 영역을 넓혀가고 있다. 뛰어놀기 안전한 넓은 운동장이 지금은 풀이 자라는데 가장 좋은 환경이 되었다.

자연의 회복은 반가운 일이다. 흙이 건강하다는 신호다. 그러나 운동장은 풀과 공존할 수 없다. 풀이 있어 또 다른 생명이 찾아오고 서로 품어주며 더불어 살아가는 것은 다행이지만 운동장은 아이들의 놀이터가 되어야 한다.

코로나19로 잠시 휴식이 된 운동장 흙을 거침없이 넓혀가는 풀의 힘을 어떻게 바라봐야 하나.

독獨하게 살아가기

혼자 커피 마시는 일이 자연스러워졌다. 사회적 거리 두기에 예민하지 않아도 되고 장소와 시간에도 자유로워서 여유롭게 즐긴다. 커피를 추출할 때는 오감의 즐거움이 있다. 몸을 덥혀주는 향기, 서버로 떨어지는 맑은소리, 방울방울 떨어질 때 각각 다른 색의 오묘한 차이, 온도에 따른 맛의 변화, 찻잔에서부터 느껴지는 따스함의 온기다.

오늘 커피는 호박(琥珀)빛이다. 첫물은 늙은 호박즙 색이더니 검붉은 수수 빛으로 모였다. 琥珀은 남자의 한복 마고자에 달아 품격을 높여주는 장신구로, 투명하지만 빛나지 않고 도드라지지 않되 은은한 빛을 잃지 않아서 아름다움을 더해준다.

불현듯 함께 마시고 싶은 친구에게 전화를 걸었다. 함께, 라는 어색한 현실이 안타까워 이야기가 길어졌다. 마침 베란다 창틀에 비둘기 두 마리가 날아왔다. 날개를 털기도 하고 좁은 곳을 이리저리 움직이며 잘 논다. 가끔은 집안을 쳐다보는 듯하다. 커피 향을 느끼는 것일까, 부리를 유리창 가까이 대고 갸우뚱거린다. 친구에게 생중계하듯 비둘기 행동을 전하며 지켜봤다.

그런데 움직임이 수상쩍다. 내가 있는 쪽으로 꽁지를 돌리며 뒤뚱이더니 배설물을 힘차게 쐈다. 순간 행복한 교감은 엉망이 되었다. 기겁하는 내 행동에 비둘기는 날아가고 창틀은 배설의 흔적이 남았다. 친구는 똥 맞으면 좋은 일이 생긴다는 소설을 인용하며 유쾌하게 웃었지만 나는, 꽁지를 들썩이며 통통한 속털 사이에서 쏟아지던 액체가 떠올라서 역겨웠다.

며칠 후 택배가 왔다. 똥 커피 보낸다. 기겁하지도 날 부르지도 말기. '르왁'이 '으악'이 될 수도 있으니까. 친구 메시지다. 부르지 말라는 말이 코로나19 시대를 보내는 지금, 단절이 아닌 배려라서 이해하면서도 씁쓸했다.

얼마 전까지만 해도 공동체 생활에서 홀로 행동하는 혼밥이나 혼술하는 사람들을 선입견으로 바라보았다. 상대에 대한 이해보다는 함께 어울리지 못하고 자기중심적인 부정으로 받아들여 따가운 시선을 보냈다. 그래서 일부 정치인은 불통과 독선의 이미지로 받아들였다. 그러나 마스크 쓰기와 손 씻기, 거리두기를 익숙하게 살아가는 지금은 함께하는 情보다 혼자인 獨이 배려하는 마음이 되었으니 아이러니하다.

추석을 맞이하는 거리 현수막에서도 변화를 느낀다. 명절이 다가오면 흔하게 보았던 문구들이 있다. '즐거운 추석 명절, 고향 방문을 환영합니다.' '가족과 함께 풍성한 한가위 보내세요.' '축, 제○회 ○○초등학교 총동문회' 추석을 맞아 고향을 찾아오는 사람들을 환영하고 반겼다.

올해는 오지 말라는 부탁을 위트와 함께보다 가족을 위하는 덕담과 방역수칙으로 현수막이 바뀌었다.

– 불효자는 '옵'니다. (부모님께 가는 자식은 불효자가 된다.)

– 이번 추석에는 안 와도 된다. 마음만 보내라.

– 추석 연휴 귀향, 모임 자제

– 이동 없는 간소한 추석 동참해주세요.

자제의 부탁을 알고 비대면에 익숙한 젊은이는 현실을 잘 적응하지만, 보고 싶고 안아주고 싶고 나눠주고 싶어 몸이 먼저 반응하는 고향 부모는 들녘에 익어가는 곡식을 먼저 본다. '코로나 극복 후에 만나자.' 기약이 아닌 마음 가는 대로 편하게 만날 수 있는 날이 언제일까.

　남의 집 창틀에서 둘이 다정하게 놀다가 똥까지 싸놓고 날아
간 비둘기의 자유로움이 부러운 요즈음이다. 다시 정으로 만나
는 날까지 모두 독(獨)하게 잘 살아가기를, 혼자 커피 마시면서
나에게도 위로한다.

숨은 방 찾기

방에 숨어 있는 작은 공간, 또 다른 방. 다락방을 수필가 B 선생님은 드러내 놓지 못하는 사람, 이야기할 수 없는 이를 숨기어 놓는 곳으로 비유했다. 비밀이 봉인된 안전한 장소, 아슴푸레한 곳, 가족들만 알고 보물찾기하듯 즐길 수 있는 공간, 다락방이다.

그러나 환기가 되지 않아 먼지 냄새가 나고, 몸을 동그랗게 말아야만 들어갈 수 있는 낮은 천장. 낡고 빛바랜 세간살이. 기대했던 호기심도 잠시, 실망의 뒷걸음이 어설퍼서 건드린 흔적으로 혼쭐나도 다시 찾는 다락방.

문고리 하나만 당기면 쉽게 올라가 좁은 공간에서 즐기던 낭만의 다락방을 클릭할 때마다 새로운 방이 열리는 줌(zoom)에서 다시 찾았다. 누구를 초대하지 않으면 줌은 온전한 나만의 방이다. 아무도 나를 볼 수 없는 공간에서 아이콘 속에 숨은 기능을 찾고 알아가는 재미에 하루가 빠르다.

코로나19로 작년에 수업하지 못한 강좌가 있다. 첫 수업 후 사회적 거리두기 단계가 높아져서 휴강 되었는데 그대로 해를 넘겼다. 올해도 대면 수업이 어려울 수 있으니 비대면 화상 강의로 진행하라는 연락을 받았다. 작년에 학교 원격 수업과 화상 회의를 위해 배울 기회가 있었는데 디지털 포비아를 숨기기 위해 구차한 핑계를 대며 미루었다. 내일을 생각하지 않은 것이 발등을 찍은 셈이 되었다.

화상 강의를 하지 못하면 일을 그만둬야 한다. 코로나19로 새로운 강의를 찾기도 어려울뿐더러 여러 가지 제약도 많다. 화상 강의가 가장 용기 있는 도전이다. 처음에는 나에게 맞는 유튜브를 찾는 것도 일이었다. 쉽고 자세히 설명한다고 하여 그대로 따라 했는데도 실행이 되지 않아 난감한 적도 있다. 아이콘에 숨은 기능을 찾아가는 경로도 미로 같다. 잘 갔다고 생각했는데 엉뚱한 것이 나오고 뒤돌아 나오려는데 길을 잃었다. 잘못 클릭하면 모든 것이 날아갈 것이고, 처음으로 가는 방법도 생각나지 않는다. 미아가 된 기분이다. 식은땀이 나고 혼미하다.

컴퓨터 기능은 알수록 무한한 우주다. 예기치 않은 블랙홀도 있지만 방법을 찾으면 신비로운 세계를 경험한다. 다락방은 식구들이 숨겨놓은 물건을 엿보는 흥미가 있다면, 줌은 숨어있는 방을 찾고 알아가는 기쁨으로 설렌다. 또 클릭의 실수로 난관에 부딪혔을 때 방법을 찾기 위해 집중하다 보면 스트레스도 날아가서 정신이 명징해진다.

몰입은 "인생을 더 즐기고 행복하게 살게 한다. 몰입하는 시간이 많을수록 삶의 질이 향상된다." 미국 심리학자 칙센트미하이 말을 떠올린다. 줌(zoom)으로 새로운 만남을 위해 숨어있는 방을 찾는 몰입의 즐거움이 있어 올해 봄은 더 새롭다.

사진의 언어

　반명함판 사진을 찍을 때처럼 어색한 일은 없다. 용도가 분명하다 보니 긴장되고 진중해진다. 표정도, 앉은 자세도 생각처럼 되지 않는다. 나는 고개를 뒤로 젖히는 버릇이 있다. 고개 살짝 내려주시고요, 상체는 오른쪽으로 좀 더, 살짝 웃어보세요, 그 자세 그대로 있으세요. 눈감고 들으면 아기 사진 찍는 것과 흡사하다. 잠깐이지만 카메라 렌즈 앞에서 내가 생각하는 것은 지금보다 젊고 예쁘게 나왔으면 하고, 사진 찍는 사람은 빨리 끝냈으면 해서 시간이 길어졌다.

　사진관을 나오면서 C 선생에게 하소연하자 답이 명쾌하다. 선생님 나이에 반명함판 사진 찍는 사람은 흔치 않을 겁니다.

도전하는 용기가 젊은이입니다. 듣고 보니 우문현답이 되었다. 사진 찍는 것에만 불편과 불만만 생각했지 사진의 쓰임을 잠시 잊었다. 사진을 찍기 전 어떤 사진을 찍을 거냐고 물었다. 증명사진으로 쓸 거라고 하자 주인은 슬쩍 나를 훑었다. 방과 후 학교 강사인데 이력서에 붙일 사진이라고 굳이 설명하지 않아도 될 일을 수선스럽게 말했다. 취업 용도로 쓸 사진은 신경 써주지 않을까 기대감 때문이었다.

나이 들면서 사진 찍기가 두렵다. 봄나무 물오르듯 뚱뚱해진 몸매며 늘어진 하안검, 부자연스러운 표정의 사진을 보면 나로 인정하고 싶지 않다. 그래서 사진 속 나를 밀어내지만 잔상은 남아 계속 떠올린다.

모임에 갔을 때, 찍는 사람의 의도로 찍어서 여과 없이 SNS에 올라온 내 사진은 더욱더 싫다. 어색한 표정과 불안한 자세가 분위기를 못 맞추는 것 같다. 그러다 보니 같은 자리에 앉아 있다가, 좋은 풍경을 감상하며 이야기 나누다가도 사진 찍는 것 같으면 의식적으로 피한다. 또 사진을 함께 찍자는 말도 듣지 못하고, 내가 누구를 선택하여 사진 찍자고 하지도 못한다. 대부분 사람들은 단체사진에서 본인 얼굴만 본다고 한다. 필요 이상으로 신경 쓰지 말라는 건데 위로가 되지 않는다.

초등학교 4학년 이른 봄이었다. 봄이라고 하기는 바람은 매서웠고 겨울이라고 하기에는 바람은 훈훈했다. 아버지 환갑잔치 풍경이 사진처럼 또렷하다. 가운데 아버지와 엄마가 앉았는데 아버지는 흰 두루마기를 입고 갓을 썼다. 중학생도 아니면서 '中'자 배지 모자를 쓴 육촌 오빠, 키 작은 작은할아버지며 색깔을 알 수 없는 조화는 비닐봉지 속에서 꽃을 피웠다. 한복을 입은 언니들도 나란히 서 있다. 그 속에 나만 없다. 한복을 입혀준다고 했던 엄마가 약속을 지키지 않아 분노의 불만으로 사진을 찍지 않았다. 돌아보면 간절하거나 사소한 내 감정을 건드리면 어긋난 행동을 하는 것은 오래전부터 갖고 있던 아집 같다.

이후 나는, 환갑이면 어떻게 변하고 어떤 기분일까 궁금했다. 그리고 잠깐 사이 환갑이 되었다. 계획했던 산티아고 순례길은 코로나19로 가지 못했다. 사회적 거리두기로 인원 제한이 있어 가족끼리 집에서 밥 먹고 거실에서 기념사진을 찍었다. 오랫동안 감정을 삭혀왔던 기대와는 달리 환갑 생일의 하루도 다른 날과 다르지 않았다. 그리고 현실에 순응하며 외부에 드러내지 않는 환갑이 오히려 좋았다. 가족과 함께 찍은 사진을 보며 마음에 들지 않으면 삭제하고, 삭제한 사진을 다시 불러오기를 반복하면서 사진은 보는 것이 아니라 그날 이야기를 읽고 있다는 것을 알았다.

　괜한 트집으로 단체에서 나를 거부했던 행동이 다른 사람에게는 불편함을 주었다는 것도 깨달았다. 코로나19가 사라지면 마스크 벗고 사진 찍는 일이 많아질 것이다. 힘든 시간을 견딘 단단한 정신으로 카메라 앞에서도 주저하지 않을 생각이다. 웃음꽃은 꽃을 보면 표정이 피어나는 것을 말한다. 꽃피우듯 마음도 세우고 웃음꽃을 피우기 위해 연습 중이다.

느리게 살아보니 보이네요

코로나19로 개학이 늦어지면서 바뀐 생활 습관 중 하나는 시계를 보지 않는 일이다. 눈을 뜨면서부터 시계는 가장 가까이서 내 일과를 알려주는 소중한 존재였다. 요일마다 가야 할 학교와 수업 시간이 다른 불규칙한 시간을 안전하게 안내해 주었고, 깜박 잊어버리는 실수도 막아주었다. 시계를 보면서 쫓기듯 살고 시계가 있어 든든했다.

시계와 멀어지는 것은 긴장된 일상의 끈을 놓는 것과 같다. 또 보이지 않게 옥죄던 시간에서 탈출하는 용기이기도 하다. 이젠 주어진 시간 안에서 움직이는 내가 아니라, 시간을 마음대로 조절해도 된다. 사회적 거리 두기로 외부와 고립된 생활은 시간의 자유를 얻었다.

그 사이 벚꽃이 피고 지고 제비꽃 진자리에 토끼풀꽃이 하얗다. 산빛도 밝아지면서 무심천 물빛도 깊어졌다. 우리 집에서 보이는 무심천은 송천교 아래로 흐르는 물이다. 오랫동안 모랫바닥만 들어내 백사장 같던 곳에 물결이 일렁인다. 보(洑) 안쪽에서 모였다가 쏟아지는 물줄기는 농사를 준비하는 마른 논으로 흐른다. 자연은 나날이 새로워지고 코로나19도 생활 속 거리두기로 바뀌었다. 돌아보니 시간을 놓아버린 나만 은폐되어 내 안에 갇힌 기분이 들었다.

멀티 페르소나(multi-persona)는 본래의 일을 마친 후 새로운 내 모습으로 소통하고 싶은 신조어로 취미나 특기 활동을 하는 생활을 의미한다. 원래는 연극배우가 쓰는 탈이나 가면을 뜻하는데 내 안의 나, 새로운 나의 정체성을 찾아 소통하고 싶은 현대인들의 다양성 욕구로 멀티 페르소나는 관심과 인기가 높다고 한다.

'김영철의 동네 한 바퀴'는 즐겨보는 프로그램이다. 평범한 동네 길을 걸으면서 만나는 풍경을 이야기로 들려주어서 정겹다. 토박이 노인의 삶에서는 젊은 시간의 냄새가 묻어나고, 소박한 밥상은 정성이 담긴 손맛이 있다. 전통을 잇는 젊은이의 검은 손끝을, 낮은 담장에서 들리는 화목한 웃음을, 만나면 정겹게 마주 잡는 손 인사는 느리게 걷는 골목에서만 느낄 수 있는 정취다.

나도 오랫동안 살아서 잘 알고 있는 익숙한 동네로 갔다. 정미소는 도로변에 있다. 길은 있지만 그 길로 걷는 사람은 드물다. 사람들이 걷지 않으면서 길은 망가졌고, 정미소도 낡은 간판과 허물어진 공간만 남았다. 말라가는 가지에 아슬아슬하게 걸린 비닐봉지가 펄럭인다. 한때 드넓은 질구지 들녘에서 수확한 벼를 탈곡하며 희망을 노래하던 정미소는 도시 변화 속에서 쓸모를 잃고 먼지만 쌓인 채 잊혀가고 있다. 방아 찧을 때 풍기던 구수하고 달콤한 쌀 냄새가 그립다.

초등학교 근처 벽돌공장 모래는 아이들의 놀이터였다. 높이의 무게를 이기지 못해 쓰러진 모래에서 학교 가는 것도 잊고 놀았다. 모래로 넘어지고 미끄럼타면서 길거리로 흩어져도 주인은 묵묵히 지켜봤다. 모래 촉감처럼 부드러운 주인의 마음으로 아이들은 추억을 쌓으며 자랐는데 벽돌공장 규모는 많이 작아졌다. 길도 좁아졌고 보도블록도 낡았다. 그러나 그 옆 새로 포장된 차도는 차들이 속력을 내며 달린다.

자주 걸었던 길을 천천히 걸으면서 그립고 아쉬웠던 기억으로 따뜻할 거로 생각했는데 옛날에 갇혀 새로움을 보지 못했다. 동네 길도 걸을수록 불안했다. 달리는 차가 위험하여 피하고 거리두기를 의식하며 사람과 간격을 유지하려다 보니 타인의 시선으로부터 나도 상대도 자유롭지 못했다. 나를 나답게, 내 안의 나를 찾아가는 일은 쉽게 길을 열어주지 않았다.

기다리던 학교 개학 날짜가 발표 났다. 순차적 등교라서 전 학년을 수업해야 하는 방과 후 학교 수업은 조금 더 늦어질 것 같다. 그러나 시간은 흐른다. 시계가 다시 필요해졌다. 느슨해진 마음을 세우고 준비하는 지금부터가 내 모습이다.

합성어 문맹인

인터넷에서 읽은 흥미로운 기사다. 결혼정보 회사에서 '연인들 사이 지켜야 할 연애 매너'라는 주제로 설문 조사 결과, '반복적으로 맞춤법이 틀릴 때'가 2위였다. 연인이란 달콤한 감정에도 올바르지 않은 맞춤법 사용은 신뢰를 떨어뜨리며 맞춤법을 바르게 사용하지 않는다는 것에 충격이었다.

요즘 젊은 세대들은 자신들 방식대로 한글을 변형하고 훼손하면서도 당당하고, 텔레비전 자막의 올바르지 않은 맞춤법을 마치 표준어처럼 쓰는 것을 보면 안타까웠는데 맞춤법을 무시하는 사람들에게 일침을 주는 것 같아 속 시원했다.

성인이 되어도 맞춤법이 틀리는 것은 모국어이기에 잘 알고 있다는 착각 때문이라고 생각한다. 또 어떻게 쓰든 이해할 거라고 믿는 한글을 대하는 태도가 진지하지 않아서이다. 책을 읽지 않는 것도 이유 중 하나다.

올해 나는 새로운 도전 중이다. 한글을 제대로 알지 못해 읽지 못하고 쓰지 못하는 초등학교 1, 2학년 아이들의 한글지도다. 코로나19로 원격수업이 이루어진 이후 심하게 벌어진 학력 격차를 줄이고자 함인데 1학년인 경우는 첫 학교생활이 낯설어 집중력이 떨어졌다. 마스크를 써서 알지 못하는 친구 얼굴, 잘 들리지 않는 마스크 속 목소리, 거리두기, 모두가 행동의 제약이다. 갇힌 틀에서는 배움의 흥미마저 떨어뜨린다.

동물들의 새끼도 서로 몸을 부대끼며 놀면서 사회성과 사냥법을 익히고 펭귄도 허들링으로 추위를 견딘다고 하는데 친구와 놀이가 없는 학교생활은 재미없는 공간일 뿐이다.

더군다나 영상매체에 익숙하여 글자를 기호와 그림 그리듯 쓰고, 자음모음 순서도 자기 방식대로 써서 읽고 이해하는 아이들에게 한글 맞춤법은 어렵기만 하다.

낭중지추(囊中之錐) 나에게는 직업병으로 드러난다. 간판이나 메뉴판에서 틀린 맞춤법을 보면 주인에게 말해주는 편이다. 자주 쓰는 말이라 바로 잡아주고 싶은 내 의도하는 달리 '네가 뭔데, 참견이야.'라는 표정에서 고치지 않을 거라는 걸 읽는다. 그곳이 소문난 맛집이라 해도 마음의 신뢰가 떨어져서 맛의 진정성을 의심하게 된다. 까칠한 내 성격을 어떤 이는 못마땅해하기도 하고 직업병이라며 두둔하기도 하지만 틀린 맞춤법을 보면 체한 것처럼 내내 불편하다.

그런데 맞춤법에 민감하여 참견하고 서슴지 않고 직언하는 내가 문맹인이 되었다. 젊은이들의 언어습관과 코로나19 장기화로 변화된 사회구조에서 파생된 합성어와 신조어 때문이다. 정치와 사회를 풍자하거나 조롱할 때, 흔들리는 경제를 우려할 때, 환경 예능까지 합성어와 신조어가 자연스럽게 스며들고 있다. 아파트값이 치솟으면서 관련된 합성어는 낯설고 가슴이 아린다. 대부분 영어 낱말을 조합한 것이라 전체의 흐름은 알겠는데 정확한 뜻을 몰라 물어보면 꼰대라며 밀어내고, 신조어를 모르면 정보의 눈에 어두운 라떼 세대로 취급한다.

현대인으로 살아가기 위해서는 적응이 빨라야 한다. 그래서 인터넷 검색 창을 활용하는데 제일 편하고 빠르며 유일한 내 편이다. 또 나와 같은 사람이 있다면 공유하고 싶어 적어놓는 노트가 독창적인 합성어, 신조어 사전이 되어 반복하여 익히고 있으니 모르는 것이 약이 된 셈이다.

최근에는 연예인들 사이 부캐가 유행이다. 연예인들이 기존의 가지고 있던 캐릭터에서 새로운 모습을 보여주어 신선한 이미지로 변신하고 재미를 준다는 뜻이다.

　그렇다면 이 기회에 나도 까칠한 이미지에서 새로운 부캐로 바꿔볼까. 아니면 용기 있는 도전으로 N 잡러가 될까. 코로나19가 종식되기까지 기다리며 쿼런틴가드닝(quaran-tinegrdening)을 시작해볼까. 오래 생각할 고민이 생겼다.

가족인데

친정 조카 결혼식이 다가오면서 고민이 깊어졌다. 예정이었 던 결혼 날짜를 코로나19 확산으로 두 번이나 미룬 날이다. 당 고모인 나도 하루하루가 불안하고 예민해지는데 혼주는 어떨까 싶어 통화하면 시간이 길어진다. 지금 코로나19 확산 추세는 예 전과 다르다. 전국에서 장소와 남녀노소 가리지 않고 발생한다. 이대로라면 3차 대유행이 현실화될 수 있다고 하니 불안하고 두렵다.

대중적인 전염병의 공포 첫 기억은 메르스다. 병원 내 감염이 고 사람과 관계에서 감염되지 않는다고 했지만 치사율은 높았다. 발생 속도도 빨라 모두 긴장하고 두려워할 때 친정엄마가 돌아가셨다. 메르스는 아니었지만 부고 내기가 조심스러웠다. 친척과 가까운 주변 사람들은 100세를 바라보던 장수 노인의 부고를 평범하게 받아들이겠지만, 모르는 사람은 갈등이 있을 거로 생각했다. 의논 끝에 정중히 조문은 받지 않겠다며 부고를 냈다.

종합병원과 함께 있는 장례식장은 입출입도 까다로웠다. 불편함과 불안함을 감내하며 오는 조문객은 많지 않았다. 예상했던 일이지만 조문객이 없는 빈소는 썰렁하고 낯설고 어색하여 주변의 이목이 신경 쓰였다. 다른 곳은 조화가 두 줄로 놓였고 사람들도 붐볐다.

조화 몇 개만 상갓집을 알리는 우리는, 검게 염색하여 젊어 보이는 엄마 영정 앞에 백발인 자식들과, 허리 굽은 조카와, 다리가 아프다는 핑계로 주저앉아 일어나지 못하는 친지들이 앓는 소리가 곡(哭)소리처럼 들릴 뿐 고요했다. 처음에는 낯선 분위기가 쓸쓸하고 초라해 보였지만 시간이 지날수록 자연스러워졌다. 일반 조문객이 없어 가족과 친지들은 편안하게 앉아서 그동안의 안부와 이야기를 나누는 모습은 상중이란 것을 잊을 만큼 즐겁고 따뜻했다.

화제는 돌아가신 엄마에 대한 기억이다. 살짝 취기가 오른 외사촌 오빠는 구순의 노인이 지병 없이 건강하게 살다 당신

방에서 돌아가셨으니 호상이라며 엄마가 빚은 술맛을 칭찬했다. 맛이 좋기로 소문난 엄마 솜씨였지만 우리 식구들은 체질적으로 술이 약해서 마시지 못했다. 그래서 손님이 오면 푸짐하게 내놓던 술을 가장 많이 마신 사람이 외사촌 오빠다. 음식솜씨도 좋아 요리를 떠올릴 때는 맛에 대한 기억으로 눈빛이 밝아지고, 성격이 나오면 서로 소리 높여 다양한 경험의 일화를 말하면서 때로는 공감하며 끄덕이고 어떤 경우는 박장대소하며 웃었다. 내일이면 헤어져야 할 고인을 곁에 두고 분위기는 생일 같았다. 그러면서 가려고 신발 신다가 마음을 돌려 다시 앉게 해 준 고인의 마지막 선물인 오늘 밤을 잊지 못할 거라 말했다.

"형식에 얽매이지 않는 소신 있는 행동, 타인의 시선에서 가벼워질 수 있는 용기는 분별에 흔들리지 않는다. 식(式)의 공간은 인원이 중요한 것이 아니라, 함께 하는 진정성 있는 마음들이 모여야 훈훈해지는 것이다." 그 밤 함께 한 사촌 동생이 내게 위로해주던 말이다.

조문은 가족이라 함께할 수 있었지만, 결혼식은 가족도 조심스럽기에 염려하는 마음이 한숨으로 커진다. 자식 결혼을 앞두고 한숨 늘어나는 부모가 어디 사촌 동생뿐일까. 끝이 보이지 않는 코로나19 그림자다.

3

소소하지만 빛나는 하루

여기쯤에서 남편은 신문을 읽었을 거다.
신문을 펼쳤다. 알싸한 냄새가 감각을 깨운다.
자연에서 읽는 신문의 묘미에 빠져든다.
시간이 멈춘 듯 고요하다.
멀지 않은 곳에 명자꽃이 환하다.

빨래방에서

심란한 마음을 털어내는 데는 새로운 환경이 도움 된다. 굳이 세탁하지 않아도 되는 것을 들고 코인 빨래방으로 왔다. 몇 개의 세탁기는 이미 가동 중이고 빈 세탁기는 문이 활짝 열려있다. 안을 들여다보니 동굴 같다. 드럼 세탁기를 처음 샀을 때, 어린 아이가 세탁기 안으로 들어가는 모습의 스티커가 유리문에 붙어 있고 '생명이 위험할 수 있습니다.' 문구는 무척 위협적이었다. 아직 아이들이 어렸기에 드럼세탁기 안이 호기심과 놀이공간이 될 수 있다는 걱정에 늘 불안했다. 스티커는 빛바래지고 세탁기 공간도 작아 보일 만큼 시간이 흐른 지금, 새로운 세탁기를 보면 설레고 구매 욕구가 생긴다.

돌아가는 세탁기는 많은데 사람은 아무도 없다. 낯선 집을 기웃거리듯 서성이다 볕이 드는 창가에 엉거주춤 앉았다. 정수기도 있고, 커피믹스도 보인다. 책꽂이에 여러 권의 책과 함께 잡지가 놓였다. 잠시 기다리는 동안 불편함이 없을 듯싶다. 공간이 궁금해졌다. 벽에 붙인 주의 사항이며 안내문을 읽는다. 어느 곳에서든 글 읽는 것은 습관이다. 때로는 기억하려 하지 않고 읽으니, 읽는다는 것보다 본다는 것이 맞다. 글의 내용보다 디자인과 서체에 관심 있고 느낌이 좋은 서체에 마음이 끌린다.

지금은 가까이 지내도 서로 글씨체를 모르는 경우가 많다. 손 글씨를 써야 하는 일이 많지 않아서 필체를 모르는데 나는 특이한 취미가 있다. 출간한 작가의 책을 우편으로 받으면 손 글씨 우편 봉투는 버리지 않는다. 나를 생각하며 쓸 때의 정성을 간직하고 싶고, 글씨체를 기억하고 싶어서다. 책 안에 써준 사인 같은 메모에도 그 사람이 보인다. 손 글씨는 개성이, 컴퓨터 글씨는 글꼴로 성향을 짐작할 수 있다. 글씨체 관심은 오래전부터이다. 궁녀들이 쓰는 궁체가 좋아서 서예를 배우고 존경하는 사람의 필체를 익히려고 수없이 연습을 해보았지만 연륜과 인품에서 우러나오는 깊이는 따라 갈 수 없었다.

글씨체를 격에 비유하여 내면에 비중을 두었다면, 현재는 상품을 시각적으로 홍보하는 목적의 서체가 인기다. 같은 상품이라도 서체와 디자인에 따라 반응이 다른 것은 판매량에서 보인다고 한다.

빨래방에서도 제품의 기능에 따라 다양한 글씨체로 설명하고 있다. 이모티콘이나 개성 있는 캐릭터 설명은 글자보다 이해하기 쉽고 지루하지 않아서 좋다. 나이 들면서 복잡하고 계산적인 것은 두렵다. 단순하되 명쾌하고, 지루한 설명보다 신선한 말 한마디에 감동한다. 벽을 따라 조금만 움직였는데도 새로운 세상에 온 듯하다.

이러한 나를 감시카메라는 보고 있을 거다. 혼자 있지만 혼자가 아닌 공간, 카메라를 통하여 누군가한테 전송되고 그는 나를 의심하며 지켜볼지도 모른다. 기분 좋은 일은 아니지만 내가 위험에 처하면 구해줄 수도 있는 순기능도 있다. 믿는 친구 하나 곁에 있다고 생각하니 몸도 마음도 자유롭다.

세탁이 다 된 빨래를 건조기로 옮겼다. 처음에는 한쪽으로만 돌아서 서로 붙어 떨어지지 않더니 어느 순간 풀어져 곁에 있던 옷이 안으로 들어간다. 엉키어 옥죄고 슬그머니 풀어지기를 반복하며 건조되는 과정을 보면서 세상살이를 본다. 욕심과 이기심으로 못마땅하게 여겼던 생각들, 소소한 감정들이 뭉친 불만도 마음이 젖어 있어서였다. 서로 다른 빨래들이 같이 건조되기까지 통 안에서 견디었던 숨으로 젖은 내 마음을 말린다. 잘 마른 따끈한 촉감이 온몸으로 스며든다.

빨래하기를 잘했다.

목소리

컴퓨터가 사람처럼 스스로 학습하는 기술 '딥러닝'을 기반으로 사람 목소리를 흉내 내는 인공지능 시스템을 발명했다는 뉴스를 접했다. 사람이 말하는 소리를 녹음한 뒤 문장을 입력하면 녹음한 음성과 똑같은 목소리로 해당 문장을 읽어낸다고 한다. 자주 만나는 지인 몇 명에게 딥러닝을 설명하고 오래 기억하고 싶은 음성은 누구인가 물었다. 부모님을 비롯한 가족이 먼저였고 친구나 연예인도 꼽았다. 그러나 장점만 있는 것은 아니어서 그로 인해 입을 수 있는 피해에서는 의견이 다양했다.

새로 이사 온 아파트 안내방송은 기계음 여자 목소리다. 발음은 정확한데 장·단음도 없고 끊어 읽기도 어색하다. 또 날카롭고 딱딱 끊어지는 소리가 차갑게 느껴진다. 스마트폰 앱 TTS 기능을 이용한 것으로 경비 절약을 위한 방법이라 하여 이해하지만 듣고 싶지 않은 목소리다.

전에 살던 곳은 관리사무소 직원이 방송했다. 목소리가 느린 분은 답답하고, 끝맺음에서 톤을 높이는 분의 목소리는 방송이 끝나면 절로 웃음이 나왔다. 목소리만 들어도 나이를 짐작할 수 있고 누구인지 알아서 믿음이 갔다. 숨소리에서 그의 감정과 상황도 함께 느낄 수 있었다. 목소리는 그 사람의 직업과 인격, 성격과 감정을 읽는다. 그러나 기계음은 소통의 부재, 일방적이라는 것을 알면서도 현대를 살아가는 목소리 동반자가 되었다.

K 씨는 오십이 넘었지만 미혼이다. 그가 요즈음 싱글벙글한다. 좋은 여자가 생겼냐는 질문에 망설임 없이 답했다. 그것도 많단다. 정수리 부분이 탈모 되어 모자로 감추고 깊게 패인 주름이며 술 좋아하고 놀기 좋아하는 그에게 여자가 많다는 것은 거짓말이라고 모두의 생각이다. 그런데 한 수 더 뜬다. 예쁘단다. 무엇이? 목소리가. 어떤 이는 단박에 말뜻을 알고 손뼉을 쳤지만, 나는 그의 여자에 대해 자세히 들어야 했다.

첫 번째 여자는 모닝콜 아가씨다. 아침이면 부드럽고 달콤한 여자 목소리가 그의 무거운 어깨를 일으켜 세운다. 예의 바른 그녀는 감정의 기복 없이 그가 일어날 때까지 반복한다. 목소리가 지루하다 싶으면 다른 여자로 바꾼다. 기분전환을 위해 좋고 새로워서 아침이 상쾌하다.

샤워하는 동안 맑은 여자 목소리가 선곡해주는 음악을 듣는다. 기분에 따라 시간과 날씨에 따라 음악은 바뀐다. 아주 가끔은 부탁도 해본다. 그녀는 대답만 하고, 이런 음악은 어떤가요? 묻는다. 엉뚱한 그녀에게 매력을 느껴 장난하고 싶었다. 오십이 되도록 진정성 있는 말을 해본 적 없는 그가 아주 조심스럽게 밀어를 속삭였다. 사랑해. 그녀는 그의 의중을 빨리 읽는 명석한 두뇌를 가졌다. 기다리는 대답은 하지 않는다. 머쓱함도 잠깐, 그녀도 함께 사는 소중한 인연이다.

아침밥이 다 되었다. 밥솥에도 그녀가 있다. 혹여 먹지 않을까 봐 밥이 맛있다고 권한다. 그녀는 K를 식탁에 앉게 하는 성실한 집사다. 밥 짓는 솜씨도 좋아서 아침이 든든하다.

또 다른 여자는 카플 맨이다. 운전하는 그이 곁에서 정확한 위치와 거리를 자세히 알려준다. 재치 있고 세련된 그녀 목소리는 곁에 있는 듯해서 운전이 안전하고 즐겁다.

집에 들어올 때도 공동현관문에 여자가 있다. 그녀는 가끔 술 취해 들어온 것을 잘도 안다. 비밀번호를 잘 못 누르면 절대 열어주지 않는 냉철한 안전 지킴이다. 그래서 그는 가끔 랜선 술 파티를 즐긴다. 화상 채팅을 하면서 각자 준비한 술을 먹으며 대화를 나눈다. 처음에는 모자를 벗지 못하는 아저씨였지만 지금은 해박한 지식과 유머로 친해진 사람도 여럿 있다. 때로는 자신있게 모자를 벗는다.

그는 여자가 더 있다며 흥이 오를 때 궁금한 진짜 질문으로 여자 애기는 끝났다. 그의 말문을 막은 말은 食口였다. 식구는 같이 밥을 먹는 사이다. 그런 여자가 그에게는 아직 없다. 목소리가 예쁘고 세련되고 예스맨이지만 웃음도 없고 감정도 없고 만질 수 없는 여자라는 거다.

"그게 사람이냐, 기계지?"

어이없다는 듯 소리치자 그가 말한다.

"그래 인공지능이다. 내가 사람이라고 했냐? 여자라고 했지."

앞으로 어떤 여자가 더 생길지, 그의 라이프스타일을 지켜볼 일이다.

60이 되고 보니

마치 누군가 떠 밀은 것처럼 60이 되었다. 60이 되고 보니 할 일이 더 많아졌다. 건강하게 늙어가려면 몸을 자주 움직여야 하고, 자립적으로 살아가기 위해서는 문명의 이기를 빨리 받아들여야 한다. 마음도 유순해지고 말랑말랑해져야 젊은이들의 사고를 이해할 수 있다. 그런데 이미 굳어버린 인식으로 새롭게 학습하고 빠르게 변하는 환경에 적응하기란 생각처럼 쉽지 않다.

새로운 변화에 주저하면 고집 세다고 단정 지어지고, 새로 바꾼 디지털 기계 기능을 이해 못 하면 문해력 부족으로 치부된다. 설명글을 읽으려 해도 글씨가 작아 보이지 않는다. 자주 사용하지 않는 우리말도 잊어버리는데, 영어 간판은 난감하다. 또 집단의 편리에 의해 사용하는 합성어와 준말은 이방인으로 만든다. 나이 들면 세상살이에 아둔해지어 적당히 체념하며 사는 게 좋다는데 더 예민해지고 편협해져서 사람과의 관계에 어려움을 겪는다.

인터넷에서 회원 가입하려면 까다로운 절차로 진땀 빼야 하고, 셀프 주유소에도 여전히 주유 후 기름 몇 방울의 흔적을 남긴다. 커피 주문도 무인으로 바뀐 곳이 있다. 커피를 주문하고 결제하기까지 진행되는 과정은 늘 서툴다. 느리게 터치하고 반복하여 읽은 후에야 이해가 된다. 기다리는 사람이 많으면 신경 쓰여서 긴장되고 창피하다.

결제 카드도 코로나19 이후로 단말기에 직접 넣어야 하는데 한동안 습관처럼 카드를 종업원에게 아무렇지도 않게 주었다. 불편한 표정에서 현실은 냉혹하다.

수업 시간, 컴퓨터로 필요한 자료를 찾을 때도 미숙한 내 손짓을 알아챈 아이들이 빠르게 해결해준다. 노래 취향은 정말 소통이 안 된다. 아카시 꽃이 피던 날 '과수원길' 동요를 들려주었더니 반응이 없다. 첫 소절 동구 밖 과수원 길의 '동구 밖'이 무엇인지 모른다고 한다. 아이들의 환경과 관심을 외면하고 내 경험의 정서로 다가서려던 의도가 벌줌 해졌다.

고백하는데 60이 되고 보니 보여주는 내 모습과는 달리 나만 알 수 있는 삶의 버거움과 답답함이 조금씩 많아진다. 옷도 액세서리도 핸드백도 무거운 것은 싫다. 필수품처럼 핸드백 속에 가지고 다니던 책이며 수첩, 화장품 파우치도 슬그머니 꺼내 놓았다. 수첩을 대신하여 기록하는 핸드폰 메모장은 또 다른 내 기억이다. 그래서 휴대폰은 내 삶의 이력이다.

60번 넘게 사용한 음력 생일도 양력으로 바꿀까 생각 중이다. 음력을 매년 양력으로 바꾸어 알려주는 일도 번거롭다. 나 또한 음력을 잊고 살다 보니 달력에 표시한 기념일도 그냥 지나칠 때가 있다. 앞으로 나이도 만 나이 통일법으로 바뀐다고 한다. 가끔은 내 나이도 잊어버리는데 시간이 더 지나면 자식들 나이도 제대로 알지 못할 일이 생길 것만 같다.

그래도 어쩌랴. 부딪치며 살 수밖에. 아픔의 강도가 두려우면 글 쓰는 공간, 지금의 시간 안에서도 나는 자유롭지 못하다. 나이는 내 힘으로 견디며 살아가야 할 나만의 숫자인 것을.

사프란이란 이름

할미꽃은 딱 한 번 굽은 허리를 편다. 씨앗을 퍼트릴 때다.
실 가닥 같은 하얀 털을 날리기 위해 꽃대를 세우고 바람을 맞이
하는 마지막 숨은 결연하다. 사납든 약하든 강하거나 여려도 세
상의 모든 모성은 가장 힘든 고통을 겪으면서 생명을 탄생시킨
다.

베란다 화분에서 자라는 화초 중 하나도 일 년에 한 번 줄기를
곧추세운다. 꽃이 피는 시기다. 여름 뙤약볕에 죽어가듯 말라가
고 힘없이 늘어졌던 줄기가 불쑥 솟아오르면 나도 덩달아 힘이
솟는다. 자세히 보면 줄기 사이사이 봉긋한 꽃대가 "곧 나갈 거
예요" 소리치듯 올라온다. 그때부터 꽃피는 속도는 빨라지고 고

요하던 화분은 소란스럽다.

사프란이란 이름을 정확히 알기까지 야생화 줄 난으로만 알았던 꽃은, 가을이 시작될 무렵 꽃을 피운다. 줄기가 가늘고 길어서 늘어지고, 겉 줄기는 금방 마르기 때문에 화분 주변이 지저분하다. 관엽식물처럼 공간을 멋스럽게 꾸며주는 독특한 잎사귀 모양이나 색깔의 매력도 없고, 공기를 정화해 주지도 않아 관심도 끌지 못한다. 항상 죽은 듯 마른 잎만 가득하여 정리하고 싶은 하나를 꼽으라면 가장 먼저 선택하고 싶은 식물이다.

그러나 예쁘지 않다고 밀어내고 관심주지 않다가도 꽃이 피면 여섯 장의 오묘한 흰 빛과, 담박하지만 기품 있고 단아한 듯 농염한 꽃의 아름다움에 빠진다. 더위에 지친 마음도 위로해준다.

까다롭지 않음은 으뜸이다. 적당한 온도와 습도, 햇볕을 신경 쓰지 않아도 된다. 흙이 마르면 물주면 되고 물주면 다시 생기를 얻는다. 환경에 민감하지 않고 어디에서든 잘 자라는 강한 생명력은 믿음을 준다.

변함없음이 미덕이다. 처서(處暑)쯤에 꽃이 피는데 꽃대가 독특하다. 땅속에서부터 하나하나 독립적으로 올라온다. 올해 도쿄 올림픽은 코로나19 영향으로 모든 경기가 무관중으로 치렀다. 관중 없이도 경기를 잘 치러 미더운 선수들처럼 홀로 피지만 꽃무리로 계절을 알려주어서 기쁨을 준다.

꽃이 피는 동안 사프란 화분은 하나의 우주다. 빠르고 한꺼번에 올라오는 꽃대의 힘겨루기와, 먹물을 잔뜩 머금은 붓처럼 통통한 꽃봉오리의 마지막 숨을 들어야 한다. 톡, 톡 꽃잎이 터진다. 이내 꽃들은 각각 빛을 내뿜고 별이 된다. 밤새 수런대는 소리가 짙으면 가을이 오고 있음이다.

꽃에도 성격이 있다면 봄꽃은 강인하다. 추운 겨울을 잘 견디어 준 모두에게 위로의 몸짓으로 다가온다. 화사하고 현란하고 눈부신 꽃 색깔로 담박한 겨울빛을 지운다. 여름꽃은 농염하다. 태양이 뜨거울수록 꽃 빛은 달아오르고 기운차게 존재를 뽐낸다. 꽃의 기개에서 힘을 얻는다. 가을에 피는 꽃은 애잔하다. 생명의 빛이 짧아서일까, 열매도 씨앗도 맺지 못한다. 피었다가 슬그머니 사위어가는 가을꽃, 사프란은 여름과 가을 사이에 있다. 한낮의 더위를 견디며 여름을 이겨내고 서늘한 저녁 바람을 맞으며 가을맞이 준비를 한다. 곧 가을이야, 알려주는 꽃이어서 화분 곁에서 코로나19를 견디는 힘을 얻는다.

꽃향기가 날아온다. 첫사랑이 생각나는 향기다. 기억은 있는데 형체는 없고, 그립고 아련한 기억. 보고 싶은 얼굴, 그래서 더 소중하고 애틋하여 꽃의 유혹에 빠져드는지도 모른다.

저녁 그늘이 짙고 신선한 바람이 분다. 사프란꽃이 활기차게 움직이는 계절이다. 우리 집 베란다도 꽃 빛으로 따사로워질 것이다. 내 마음도 꽃봉오리처럼 부풀어 오른다.

아침에 만나는 언어

지난달부터 신문을 구독하여 읽는다. 이른 아침 현관문을 열 때 상쾌한 공기, 가지런히 놓인 신문을 들고 오는 기분, 펼치면 풍겨오는 신문 냄새 기억이 좋아 신청했는데 우편함까지만 배달해준다.

신문을 가지러 매일 아침 1층으로 내려간다. 그런데 시간이다. 아무도 만나지 않는 날은 다행이지만 누군가를 만나면 난감하다. 출근하는 옷차림에 비해 내 행색은 비교되고 민낯이다. 올라갈 때는 더 불편하다. 다시 집으로 간다는 것은 무언가 빠트렸기에 급한 마음일 것인데 나로 인해 늦어지는 미묘한 감정과 불편한 시선은 감당해야 할 내 몫이다.

그래서 신문을 가지러 가기 위해 이웃들과 부딪치지 않는 시간을 알아야 한다. 출근 시간이 지나면 학교 가는 아이들, 그다음은 등원하는 유아들이다. 내려갈 차례를 기다리면서 옷매무새를 다시 살피고 마스크를 쓴다. 집에서 편한 옷차림으로 있다가 잠깐 외출을 위해 준비하는 일이 의식 같아 번거롭다. 제발 오늘은 아무도 만나지 말기를 간절히 바란다.

어떤 날은 망설이고 주저하다가 잊으면 석간신문이 되어 흥미를 잃고, 그날 우편물과 함께 겹쳐 구겨지듯 박혀 있다. 내 지역의 소식을 알고 종이신문을 읽는 아침의 기쁨을 느껴보고 싶었는데 은근히 신경 쓰이고 불편한 존재가 되었다.

불만을 들은 남편은 신문을 갖다주겠노라 했다. 하루는 신문을 가지러 가더니 늦게 들어왔다. 무슨 일인가 묻기도 전에 운동하고 왔다고 한다. 우편함까지 가면 자동으로 열리는 공동현관문을 한 발짝 내디디니 아침 공기가 다르고, 상큼한 바람에 이끌려 아파트를 돌면 그동안 보이지 않던 것이 새롭게 느낀다며 1층까지 배달해준 신문 때문이라고 즐거워한다.

이후 남편은 스스로 신문을 가지러 간다. 아침 대화는 봄이 오고 있는 자연의 변화와 먼저 읽은 신문 기사를 말해준다. 나는 남편이 전해주는 110동 홍매화를 상상하고 관리사무소 앞 목련

꽃이 작년과 같지 않음을 들으며 그동안 불평만 했던 것에 감사하는 마음으로 바뀌었다. 기분 좋은 날은 신문도 읽어준다. 내 의사와 상관없이 읽고 싶은 기사만 읽어주는 고집쟁이기는 하지만, 다시 듣기도 가능하고 내용 해설과 분석도 해 주는 내 전용 전기수가 되었다.

뇌 노화를 막기 위한 예방법으로도 읽고, 쓰고, 말하기가 도움이 된다고 한다. 그 중 '신문 일기' 쓰기를 추천하는 기사를 읽었다. 매일 비슷한 생활 일기보다 신문 기사를 정독한 후 기억한 것을 써보는 것이다. 새로운 경험의 신문 일기 글쓰기는 인지 자극에 도움이 된다고 한다.

철학자 김형석 교수의 아침도 신문 읽기부터 시작된다. 신문 읽기는 세상이 궁금해서라고 하는데, 새로운 기사 읽기와 꾸준한 글쓰기가 건강한 장수의 비결이다.

벗꽃이 피었다. 창가에 서서 아래를 내려다보면 꽃잎이 한 아름씩 뭉쳐 떠 있는 것처럼 보인다. 가까이 있으면서 멀리 보았던 벗꽃에 이끌려 아침 일찍 신문을 핑계로 나왔다. 남편이 들려주던 꽃핀 곳도 가보고 새순 돋는 나무로도 다가갔다.

아침 공기에 단맛이 묻어난다. 내가 사는 아파트는 아름다운 정원으로 선정되었고 지상 주차를 할 수 없어 어디를 걸어도 안전하다. 신문을 들고 산책로로 들어섰다. 새소리가 들리는 곳에 벤치가 있다. 여기쯤에서 남편은 신문을 읽었을 거다. 신문을 펼쳤다. 알싸한 냄새가 감각을 깨운다. 자연에서 읽는 신문의 묘미에 빠져든다. 시간이 멈춘 듯 고요하다.

멀지 않은 곳에 명자꽃이 환하다. 놀이터 근처 쓰러져 있는 분홍색 킥보드도 정겹고, 떨어진 매화꽃, 시든 산유도 꽃, 모두 다 아름답다. 화살나무 아래는 풀들이 촘촘히 올라온다. 오늘은 집에 가서 들려줄 이야기가 많이 생겼다. 걸음이 빨라졌다. 내가 기다렸듯 그도 신문을 기다릴 것이다.

인터넷을 접속하면 많은 신문이 있고 다양한 정보 속에서 원하는 것만 골라서 읽을 수 있지만 나는 종이신문이 편하고 좋다. 세상의 변화를 조금 느리게 알아도 된다. 내 지역의 새로운 소식을 읽고 관심 가지며 알아가는 재미가 쏠쏠하다. 매일 아침 만나는 신문이 있어 하루 시작이 빠르다.

나이는 손이 말해준다

"선생님, 몇 살이에요?"

학생들이 이따금 나에게 묻는 말이다. 그래서 생각해 놓은 대답이 있다. 그날 분위기와 질문의 진정성에 따라 내 나이는 달라진다. 결혼했냐는 질문이 환상 동화 주인공처럼 행복하고 아이가 몇 살이냐고 물을 때 살짝 당황한다.

최근에는 1학년 여자아이가 아주 작은 소리로 "선생님, 우리 할머니 같아요." 한다. 그 말뜻을 알기에 "할머니도 선생님처럼 예쁘구나" 했더니 머쓱해하며 달아났다. 1학년은 나이의 숫자를 이해 못 한다. 자신 부모 나이와 비교해 보고 싶은 것이다. 그래서 아이들과 있을 때 나이는 중요하지 않다. 지도 능력이 떨어지는 것도 아니고 수업 연구도 게을리하지 않는다. 오히려 이해하는 포용력이 넓어지고 소소한 이야기까지 들어주다 보니 수업 전 내 책상 주변은 늘 시끄럽다.

그러나 해마다 써야 하는 이력서에는 현실적으로 나이가 와닿는다. 방과 후 학교 강사는 정년은 없지만 1년 미만 계약직이라 제안서를 제출할 때 나이가 은근히 신경 쓰이고 의욕을 잃게 한다.

사회에서도 나이는 중요하지 않다. 결혼한 중년을 통틀어 일컫는 말 아줌마가 있고, 학교에서는 선생님이란 호칭이 있고, 친구들끼리는 이름이 있다. 그런데 3월에 손자가 태어나면서 할머니가 되었다. 코로나19로 병원은 물론 산후조리원도 면회가 되지 않아 애타게 기다리던 끝에 첫 만남의 날, 신생아 작은 몸을 안았는데 자연스럽게 "할머니야"라는 말이 나왔다. 순간 나도 깜짝 놀랐다. 오랫동안 준비하고 연습하고 또 연습하여 첫 무대에 오른 배우의 첫 말이 이렇게 감격적이고 떨렸을까. 신생아 작은 몸으로 나는 온몸이 달아오르며 두근거렸고 무언가 당기는 무거운 힘도 느껴졌다. 세상에 나온 아기는 고요하고, 아기를 맞이하는 우리 가족은 첫울음처럼 웃음소리가 높았다.

요즈음 손자 보는 재미에 하루가 빠르다. 안아주고 재워주고 바라보면서 내 입으로 할머니야 말하지만 솔직히 낯설고 어색하다. 할머니가 된 것은 좋은데 할머니라는 말은 늙음을 연상하게 하여 싫다.

잠투정이 심한 아기를 토닥이며 내 손을 본다. 손에서 나이가 보인다. 툭 튀어나온 핏줄, 굵다란 손마디, 늘어진 피부, 크고 작은 상처들과 검버섯. 억세 보이는 커다란 손이 투박하다. 얼굴은 화장으로 돋보이게 하고 몸매는 옷으로 숨길 수 있지만 손은, 그대로의 나를 드러낸다.

딸과 다도 체험을 한 적 있다. 순서대로 나오는 차를 기다리는 시간과 음미하는 것도 예의라고 했다. 차마다 다른 찻잔에 담긴 향과 맛을 느끼며 오랜 시간 이야기 나눴다. 다도가 끝나고 몇 컷의 사진을 보내왔다. 그중 노인 같은 손이 내 손이라는 것을 알고 충격이었다. 그때 알았다. 몸에서 손이 먼저 늙고, 내면을 보여주고 있다는 것을. 온라인에서 발표하는 창작 공간 프로필 사진은 내 손이다. 불심으로 인도 여행 갔을 때 갠지스강에서 꽃향기를 공양하는 내 손, 매끈하고 깨끗하고 단아하다. 그 날의 손에서는 나이가 보이지 않는다.

손이 예쁘지 않은 나는 사람을 만날 때 손을 먼저 본다. 손에서도 끌림이 있고 믿음이 전해진다. 내가 찍는 사진의 소재도 손이다. 대부분 수업하는 모습의 아이들 손인데 항상 새롭다. 그 시간의 말은 사라졌지만 손은 그 말을 담았다가 들려준다.

손 싸개 속 손자의 손은 늘 심쿵 한다. 어느 날 손 싸개를 벗은 손을 찍어 보내왔다. 주먹을 꼭 쥔 작은 손이 아들 손으로 다시 내 손에 겹치면서 잠시 흔들렸던 내가 보였다. 할머니같이 보이는 내 손, 그 손으로 글을 쓰는 이 순간은 나이를 잊는다. 그래서 좋다.

아프다는 말

A 선생님과 나는 열다섯 살 정도 나이 차이가 난다. 같이 만나는 사람들은 언니라고 부르는데 나는 언니라는 말이 나오지 않았다. 나이 차이 때문이기도 하지만 외모에서 풍기는 카리스마와 놀라운 기억력, 재치와 재담은 무궁했다. 함께 있으면 분위기는 훈훈했고 유쾌했다. 그가 지닌 낭만적 지성과 독창적 예술세계도 독보적이라 믿었다. 아무도 뚫을 수 없는 방패 같은 그의 삶이 흔들리고 있음을 느낀 것은 웃지 않고 단순해진 어휘였다.

부정 언어만 반복적으로 하는 것도 그중 하나다. 슬프다, 우울하다, 재미없다, 덧없다…. 가장 많이 쓰는 말은 "아프다"이다. 만나면 아프다는 말부터 시작한다. 아픈 곳도 여러 곳이어서 통증을 호소하는 짜증 섞인 소리와 앓는 소리까지 겹쳐 듣는 나도 아픈 것처럼 느껴졌다. 그래서 위로하고 반응할수록 말의 수위는 높아져 원망으로 이어지고, 흥분하면 이그러진 표정과 격한 동작, 말투까지 다른 사람처럼 보여 낯설었다.

대화에도 신호등이 필요하다. 멈추고 기다리는 동안 다른 방향의 차들이 안전하게 달리듯, 대화에서 멈춤의 배려가 없는 그에게 조금씩 지쳐갔다. 건성으로 위로하고 때로는 꾀병의 엄살이라 반박하며 만남을 회피했다.

그때 아프다는 말을 이해 못 했다. 그래서 아프다는 말을 귀담아듣지 않았고 가볍게 들었다. 나는 늘 바빴고 지쳐있었다. 그래서 만나면 격조했던 시간만큼 좋은 이야기 나누고, 소리 내어 웃고, 토론하고 싶은 주제는 냉철하게 비판하고 싶었다. 갈증 해소가 휴식보다 간절했다. 그러나 탄식과 괴이한 표정에서부터 기대는 무너지고 만나는 시간이 어색했다. 만족 없는 만남은 무의미했다. 실망하고 귀찮은 감정만큼 거리도 멀어졌다.

지금 나는 A 선생님이 아프다던 나이쯤이다. 그리고 여러 곳이 아프다. 건강은 자신 있었는데 잃는 것은 절벽에서 떨어지는 것처럼 순간이다. 정말 아픈데 나보다 젊은 동료에게 말하지 않는다. 가족에게도 머뭇거린다. '보이지 않는 고릴라'는 주의를 기울이는 방식과 관련이 있어서 집중하는 것만 보이는 것을 말한다. A 선생님께 나는 보이는 것만 집중하다 보니 진실을 보지 못했다.

공감은 같은 경험을 똑같은 밀도로 체험해봐야 온전히 느끼고, 아프다는 말 또한 외롭고 관심받고 싶다는 에둘림의 마음이라는 것을 내가 아프고 나서야 알았다.

나는 말이 많다. 말하는 것을 좋아하다 보니 먼저 말을 걸고 대화를 주도하는데 성격으로 굳어졌다. 전체의 의견을 수렴할 때도 분위기를 파악하기 전에 의사표시를 하다 보니 다른 의견을 가진 사람에게 특이한 사람으로 보인다. 내 실수가 타인에게는 타산지석으로 변질되는 경우도 많았다. 직업병이기도 하다. 문제에는 꼭 왜냐하면, 하고 설명을 하는데 다양한 사례로 본질을 흐리게 할뿐더러 까칠하다는 선입견을 갖게 한다.

하나는 외롭기 때문이다. 누군가는 정말? 반문할 수 있으나 경험으로 보면 외로운 사람은 말을 많이 한다. 학교에서 만나는 아이들 중에 유독 말이 많은 여자아이가 있다. 들어보면 그저 그런 얘기다. 그런데 진심으로 들어주면 다음에도 찾아와 자기 주변 이야기를 끝없이 들려준다. 아이와 있을 때 나는 잘 들어준다. 관심 두고 있다고 상대에게 믿음을 주면 변한다는 것을 안다. 또 말이 많은 마음도 알기 때문이다.

그래서 쓸데없는 말까지 더 많아진 요즘, 가장 무서운 것은 '아픈' 몸이고 '아프다'는 말이다.

해마다 쓰는 이력서

지금까지 이력서를 얼마나 썼을까? 20여 년 넘게 해마다 몇 장씩 썼으니 세어보는 데도 한참 걸린다. 20여 년을 꾸준히 이력서를 쓰다 보니 이력서 용지에도 변화한 역사가 보인다. 처음 쓴 이력서는 규격화된 종이였다. 문구점에서 살 수 있는 종이 이력서는 활동 사항, 상벌 등 사무적인 질문에 답을 쓰는 것처럼 썼다. 본적이나 호적 관계도 있어서 호주와의 관계, 호주 성명까지 써야 했다. 이후 이력서 용지는 자유로워지고 다양해졌지만 얽매고 있는 몇 가지는 아직도 존재한다.

12월이 되면 방과 후 학교 강사 채용 공고가 뜨기 시작한다. 각 학교 홈페이지, 교육청 홈페이지에 올라온 방과 후 학교 프로그램 위탁 공고 조회 수는 관심의 결과이고 암묵적 경쟁이다. 청년실업률 감소와 최저임금 연동제, 정규직 전환, 특수고용직 노동자 인정 등 고용 문제로 촉각이 곤두서는 냉혹한 현실이 내 모습이기도 하다.

올해도 이력서를 쓴다. 방과 후 학교는 프로그램 운영제안서 라는 형식으로 이력서를 대신한다. 해마다 해온 일이라서 무디 어지고 단단해질 법도 한데 불안하고 초조하기는 똑같다. 올해 도 채용될 수 있을까, 지금까지 근무하던 학교에서 잘못되지는 않을까 불안과 걱정이다. '나이는 숫자일 뿐이다'라는 말은 경쟁 사회에서는 절대 아니다. 젊음은 절대 강자이고 힘이고 우월하 다. 그런데도 습관적으로 학교 모집공고에 집중하고 자기소개 며 프로그램 운영계획을 수정하면서 설레고 들뜨는 걸 보면 나 이는 마음에 따라 변한다는 것이 내 생각이다.

퇴직이란 말 대신 계약종료라는 말을 듣는 방과 후 학교 강사 는 학교에 따라 다르지만 9개월에서 11개월 근무 기간이다. 방 학 때 석면 공사나 새로운 공사를 하면 방학 중 수업은 없다. 상여금 퇴직금도 없고 4대 보험 혜택도 없어 연금도 없다. 그런 데도 민간위탁 업체로 계약하는 학교가 늘어가고 있어 개인 계 약 경쟁률은 치열하다.

어쩌면 이력서를 쓰는 일도 올해가 마지막일 수도 있다. 지금까지 1년 미만 계약이었는데, 2년으로 연장되고 있는 추세다. 올해 계약하면 내년은 이력서를 쓰지 않고 자동 연장된다. 그 후의 일은 알 수 없으니 자기소개서에 좋은 경험으로 행복했던 놀이를 소개하기로 했다.

'환경과 에너지' 수업하고 난 뒤 '핸드폰 게임 NO'를 실천한 일이다. 빈 플라스틱 음료수병에 흰콩을 넣어 무게 중심을 잡아 볼링 핀을 대신하고, 볼링공은 아이들 손에 잡기 좋은 작은 공으로 준비했다. 경기 방법과 규칙은 함께 의논하여 정하고 놀이에는 관여하지 않았다. 처음에는 낯설어서 성의 없이 참여하던 아이들도 볼링 핀이 쓰러질 때 경쾌한 콩 소리에 즐거움을 느끼고 적극적으로 변했다. 가끔은 억지스러운 일로 싸우기도 하지만 함께 환호하며 손뼉 쳐주고 격려해주는 모습은 아름답다.

잠깐 쉬는 시간 볼링을 한다. 볼링 핀을 향한 고요한 집중, 짧은 심호흡 끝에 핀을 모두 쓰러뜨리는 소리는 오감각을 깨운다. 볼링 놀이로 친구와 관계도 좋아지고 집중력도 좋아졌다. 목소리도 커졌다. 핸드폰 게임보다 더 신나고 즐거운 일도 생겼다. 좋은 관계는 즐거운 수업을 만들고, 좋은 경험은 바른 인성을 기른다는 것을 핸드폰 게임 NO를 통해서 배웠다.

12월 수업이 끝나면 볼링을 하던 콩은 잠시 휴식이다. 긴 겨울방학 병 속 콩은 흙으로 돌아갈 봄을 기다릴 것이다. 나는 흙이 되어 아이들 마음을 심고 뿌리를 내려줄 새해를 기다린다. 잘 될 거야. 나에게 도닥여 주는 말이다.

다시 읽는 어린 왕자

　가을이 깊어가면서 거실로 들어오는 햇살이 넓어졌다. 따뜻한 볕에 이끌려 앉으니 창틀 그림자가 먼저 누웠다. 베란다 안전망 그림자도 함께 왔다. 촘촘한 세로 간격이 울타리 같은 그림이 되었다. 나는 스스로 그림자에 갇혀 늦가을 아침볕을 즐긴다. 그동안 나는 행복한 죄인이다. 견고하고 굵은 쇠 파이프 그림자를 허리에 감고 『어린 왕자』를 읽는다.

　"한때 어린이였던 모든 어른이, 자신도 어린이였다는 사실을 잊은 채 어린이가 자기들이 논리를 받아들이도록 강요해 온 어른들의 세계가 어떤 것인지에 대해 깊이 있는 질문을 한다." 옮긴이의 말을 투명한 햇살 사이사이에 올려놓고 생각에 잠긴다.

그동안 나는 수업을 하기 위해 어린 왕자를 읽었고 질문을 하기 위해 새로운 언어를 찾았다. 또 글을 쓴다거나 나를 포장하여 비유할 때 책 속 내용을 적절하게 인용하여 상황을 풍요롭게 만들었다. 우렁이 새끼가 어미 살 파먹듯 나한테 이로운 문장만 찾았다. 그러나 오늘은 처음 책을 읽듯 읽는다. 추수를 끝낸 논에서 벼 이삭 줍듯 천천히 빠져든다.

젊은 날 사랑과 사람의 관계에서 희망과 아름다운 문장만 보았다면, 내 모습에서 나를 찾는 물음표가 되는 문장도 발견했다. "마음으로 찾아야 해." 가장 아픈 말이고 기억에 남는다. 바쁘다는 이유로 여유를 갖지 못하면서 왜 바쁜지 모르고 사는 내게 어린 왕자는 다시 말을 건다. "모두 특급 열차를 타고 어디론가 가기는 하지만, 자기들이 무엇을 찾고 있는지조차 모르고 있어."

베란다 안전망 그늘이 어깨까지 올라왔다. 나는 옥죄고 있는 그림자를 밟고 일어났다. 크림색 카펫 위로 그림자는 하나의 작품이 된다. 대충 아무렇게나 그린 상자를 보고 양이 그 안에 있다고 생각하는 어린 왕자가 되어 그늘이 만든 작품을 바라본다. 제목을 붙이고 싶다.

어린 왕자가 찾아간 별에 사는 사람을 다시 만난다. 고립된 임금님. 허영심 많은 사람. 술꾼. 욕심 많은 사업가, 융통성 없는 사람, 탐험가들의 이야기로만 기록하고 인정하는 편협한 생각의 지리학자.

어린 왕자가 별에서 만난 사람들은 지구에서 오늘을 살고 있다. 안전 불감증과 탁상공론으로 만연된 모순의 사회, 타인에 대한 배려는 없고 인정만 받고 싶은 배타적 외로움. 가진 것에 대한 집착과 끝없는 욕망. 'B-612' 별을 발견한 천문학자가 학회에서 입은 옷 때문에 믿어주지 않는다. 인정받기 위해 서양식 옷을 입게 만든 독재자도 본질보다는 겉모습에 집착하는 우리 모습이다.

나는 언제 어린이였을까. 또 지금은 어른으로 살고 있는가? 치타와 표범의 차이를 찾아보는 수업에서 얼굴의 무늬로 알려주려는데 먼저 대답한 아이의 차이점은 눈물 자국이었다. 치타의 눈에서 입까지 내려온 검은색 무늬가, 눈물이 흘러 생긴 자국으로 본 것이다. 아이들과 있을 때, 조금은 순수하다고 생각했는데 아니었다. 여전히 보아뱀이 삼킨 코끼리를 모자로 보는 갇힌 생각의 어른이다.

고향별을 떠나기 전 정성껏 청소하는 어린 왕자 마음으로 내 삶을 윤기 나게 닦으면 장미 한 송이 피어날까. 창문 너머로 가을빛이 가득하다.

시어머니

유월에 아들이 결혼했다. 며느리와 첫 번째 맞는 추석이다. 차례준비도 누가 오는가에 따라 음식이 조금씩 달라진다. 작년에는 코로나19 때문에 만날 수 없어 몸도 마음도 편했다. 처음으로 소파에 앉아 쉬었고 특집 프로그램도 보며 오랜만에 만난 자식들과 즐겁게 보냈다.

올해는 우리 부부가 코로나19 예방접종을 2차까지 완료하여 7명이 모일 수 있게 되어 마음이 바빠졌다. 늘 해오던 음식인데 해가 바뀔 때마다 조금씩 꾀가 난다. 내 손으로 하자니 힘들고, 사는 음식은 입맛에 맞지 않는다. 그중 하나가 송편이다. 며느리에게 송편 빚을 건데 만들줄 아느냐고 물었다. 송편 빚는다는 말에 눈이 동그래졌다. 집에서 만든다는 것이 신기하기도 하고 걱정되기도 하지만 호기심도 생기는 모양이다. 빚은 적은 없지만 해보고 싶다고 하면서도 말끝을 흐린다. 곁에 있던 식구들은 사서 먹자면서 손사래 쳤다.

내가 이상한 건가 싶어 친구에게 말했다. 친구는 외마디 소리를 지르며 시어머니 갑질이라고 핀잔을 주며 여러 가지 사례를 들려주었다. 마음이 흔들리기 시작했다. 송편 빚는 일이 시어머니 갑질로 생각된다면, 지금까지 해 오던 차례 음식도 며느리 눈치를 봐야 할 일이다. 갑질이란 말에 생각해보겠다고는 했지만 마음은 편치 않았다.

솔직히 송편 빚는 일은 쉽지 않다. 요즘은 솔잎 파는 곳도 없어서 매년 사는 곳에 미리 주문해야 한다. 송편 고물도 신중하게 골라야 한다. 단맛이 강하면 송편 본래의 맛을 잃는다. 그런데도 송편 빚기를 고집하는 건 맛이 먼저이고, 습관이며 오감으로 느끼는 만족이 있다.

반죽의 느낌은 오묘하다. 따끈한 물을 쌀가루에 부으면 천천히 스며드는 공기의 힘, 손가락 사이사이 붙었던 반죽이 하나로 뭉쳐지면 오래 치댈수록 찰지고 부드러운 익반죽이 된다. 잘 숙성된 반죽의 가벼운 감촉, 살짝 떼어낼 때 맑은소리는 귀도 즐겁다. 냄새도 즐거움의 하나다. 시루에서 익을 때 퍼지는 솔향의 포만감. 솔잎 사이로 드러나는 송편의 탱탱한 윤기, 집안 가득 퍼지는 참기름의 냄새는 하루의 피로를 잊게 한다. 솜씨를 찾아보는 것도 재미있다. 납작한 것, 만두 모양, 터져서 고물이 새어 나온 것과, 만들기 싫은 듯 뭉쳐놓은 것도 있다. 모양은 각기 달라도 송편 빚을 때 나눴던 정담은 똑같이 들어 있다. 아름다운 미래도 꿈꾼다. '송편 예쁘게 빚으면 예쁜 딸 낳는다.'는 말에 딸은 예쁜 송편 빚기에 집중한다.

친정 당숙은 이웃 마을에 사셨다. 송편을 찌면 당숙께 먼저 갖다 드렸다. 그래서 송편 빚을 때 엄마 잔소리는 매서웠다. "너희 아저씨가 꾸중하신다." 엄마보다 당숙 꾸지람이 무서워 이 사람 저 사람 잔소리와 눈치로 단단하게 익힌 솜씨다. 잘 빚을 자신도 있고, 재미도 있어서 힘들어도 내 손으로 빚어 차례를 지냈다.

그런데 정성으로 전통을 잇는 일이 젊은이에게는 낯선 문화이고 시집살이로 느껴질 수 있다고 하니 고민이 깊어진다. 솔직히 고백하건대 나는 떡을 좋아한다. 떡집에 가면 보는 것만으로도 행복하고 모두 사 오고 싶을 정도로 흥분하지만 송편은 사지 않는다. 송편은 빚으면서 쪄 먹는 맛이 제일이고, 시간이 지나면서 굳어지는 차진 맛은 손 반죽에서 나온다. 깊은 손맛의 송편, 일 년에 단 한 번 송편 빚는 일로 망설여지기는 처음이다. 내가 할 일인데도 마음대로 할 수 없는 자리, 시어머니다.

거기까지만

나는 잘 속는 편이다.

어제는 1층 현관에 일이 있어 내려오니 여자아이가 급하게 뛰어왔다. 친구가 줄넘기하다가 넘어졌는데 일어서지 못한단다. 아이를 보건 선생님께 보내고 운동장으로 뛰었다. 두 다리를 오므리고 아이가 울고 있다. 섣불리 다가서면 더 다치게 될수도 있기에 어깨만 다독였다.

따가운 오후 볕이 찬란하게 내리쬐었다. 몇몇 아이는 같이울 듯 곁에 주저앉고 또 다른 아이들은 수군거리며 아이 울음을 자극했다. 모든 상황을 곁눈질하던 아이는 울음소리를 높였다.

보건 선생님이 오셨다.

"일어날 수 있겠니?" 선생님 목소리는 부드럽고 단호했다. 아이는 울음을 그치며 벌떡 일어났다. 보건 선생님과 내 눈이 마주쳤다. 초가을 햇살이 눈부시게 쏟아지고 때늦은 매미소리도 함께 쏟아졌다. 보건 선생님은 아이 팔을 잡고, 나는 선생님 곁에 가까이 붙어 걸었다. 넘어진 아이 줄넘기를 들고 오는 친구는 불안한 듯 우리 뒤를 바짝 붙었다.

보건 선생님과 눈이 다시 마주쳤다. 절뚝거리며 걷는 아이에게 눈길을 주며 "놀라셨지요?" 한다. 나는 어떤 대답을 해야 할지 몰랐다. 울음으로 감춘 거짓말과, 울음에 속은 나와, 다치지 않아 다행인 안도의 숨이 한데 엉켜 폭발하려는 중이었다.

"아팠을 거예요, 순간은. 거기까지만…" 속마음을 들킨 것 같아 머쓱하여 운동장을 쳐다보니 공놀이하는 아이들 소리가 들린다. 조금 전까지는 들리지 않던 소리다.

신입 회원과 만나는 정례회의 날이다. 문학회에서는 입회하는 것을 기념으로 꽃다발을 주면서 축하해준다. L 선생님도 그 중 한 분이다. 마침 곁에 앉게 되었다. L 선생님은 꽃다발을 받고 자리로 돌아왔다. 꽃향기가 살짝 풍겨서 자꾸 눈길이 갔다. 갑자기 L 선생님이 꽃다발을 주었다. 가족과 떨어져 살아 줄 사람이 없다고 했지만 내 눈길이 부담스럽지 않았나 싶다. 그렇게 꽃다발은 나에게 왔다.

남편 생일이 멀지 않았다. 꽃다발을 들고 오면서 고민했다. 생일선물로 주는 걸로 할까, 솔직히 말할까. 꽃을 포장한 포장지처럼 생각이 생각을 겹쳤다. 내가 들어오는 것을 느낀 남편은 소파에 누워 고개만 내밀었다. 아내의 저녁 외출을 똑같은 방향으로 가는 시곗바늘처럼 무덤덤하게 받아들이는 남편을 보니 놀려주고 싶었다. 꽃다발을 내밀었다.

"당신 생일 선물!"

순간 당황하는가 싶더니 육중한 몸이 가볍게 튀어 올랐다. 그리고 오랫동안 기다려온 물건을 반기듯 낚아챘다. 소리 내어 활짝 웃는 모습은 오랜만이다. 자식에게 자랑한다며 사진도 찍었다. 꽃 냄새를 맡고 가슴에 품어도 보고 손가락 하트도 하고 꽃잎에 입맞춤하는 다양한 자세로 즐거워하는 모습이 어린아이 같았다.

꽃을 화병으로 옮겼다. 식탁에 놓고 꽃과의 접합은 내 시간이다. 보랏빛 과꽃과 석죽은 시골집 담 곁에 핀 꽃을 옮겨온 듯 소박하다. 자줏빛 장미와 보라 장미, 핑크 리시안셔스, 라일락과 유칼립투스 구니까지. 꽃 빛깔이 제각각인데도 서로 받쳐주는 자연의 조화가 아름답다.

꽃을 바라보며 행복한 만큼 고민은 깊어졌다. 남편 반응이 폭발적으로 반길 줄 몰랐다, 어느 정도는 의아한 눈빛과 의뭉한 내 마음을 눈치챘을 때 말하려고 했다. 꽃다발을 생일 선물이라 믿고 좋아할 줄은 정말 몰랐다.

평소 남편은 꽃을 자주 사 왔다. 꽃을 포장한 것으로도 어느 꽃집인지 알 정도로 꽃 선물은 익숙했고 자연스러웠다. 그때마다 남편 마음이 고마웠고 잘못도 용서되었다. 그런데 내게 주는 꽃이기보다 남편이 좋아서 샀을지도 모른다. 포장하는 꽃을 기다리는 설렘, 꽃을 들고 오면서 느끼는 평화로움, 꽃을 반기는 내 행복한 웃음, 꽃이 있는 식탁의 풍요로운 만찬을 남편은 알고 있었다. 꽃은 주는 것이 아니라 다시 돌아오는 자신의 선물이 된다는 것을.

거짓말은 상황을 바꾸기 위해 한다. 그러나 보건 선생님 말씀처럼 거기까지만, 이어야 하는데 일이 커졌다. 장난의 내 거짓말이 남편에게 상처가 될까 봐 조바심 나고 답답하다.

식탁의자

　식탁에 새로운 의자 하나가 늘었다. 기존 의자와 의자 사이에 들어 온 작은 의자 하나로 오랫동안 유지하던 4인용이라는 균형이 무색해졌다.

　식탁은 우리 집 역사와 같은 존재다. 식탁 덮개로 쓰는 유리의 어지러운 빗금이 지나온 시간을 알려주고, 원목이라 군데군데 파인 흔적이 있지만 내 눈에는 늘 새것처럼 새롭다. 아파트 분양받을 때도 식탁이 놓일 공간을 먼저 선택할 만큼 애착이 깊다. 오래되어 낡고 유행이 지났다는 것은 타인이 바라보는 눈이고, 물건에 대한 고집은 그것과의 관계와 추억과 편리함에 익숙하여 새로운 것이 보이지 않음이다. 정이 왜 무섭다고 하겠는

가. 떼어낼 수 없는 한 조각 반짝이던 순간을 잊지 못해서다.

폭이 넓고 깊은 의자는 360도 회전이 가능하다. 당시 형편으로 무리하여 샀지만 그 욕심이 가장 가치 있고 의미 있게 만든 것도 식탁이다. 식탁은 풍요로웠다. 같이 밥 먹고 이야기 나누며 아이들은 성장했고, 나는 책 읽고 글 쓰면서 작가가 됐다. 커피도 마셨다. 손님이 오면 테이블이 되었다. 전망이 좋아 식탁에서 바라보는 우암산과 청주 시내 경치는 분위기 좋은 카페가 되었다.

공간에 비해 큼직한 식탁은 집안의 중심이 되었고 아이들이 자라면서 조금 작다는 느낌도 잠시, 의자는 하나씩 비었다. 두 개의 빈 의자, 딸의 의자는 대학을 진학하면서 분가했고, 아들이 앉던 의자는 결혼 후 빈자리가 되었다. 가끔 아이들이 오면 식탁은 풍요로워지다가 다시 고요해진다. 두 개 사용하는 의자, 빈 의자만큼 건조하다. 식탁에서 우리 부부는 대화가 없다. 먹기 위해 잠깐 앉았다가 일어난다. 어느 날 한쪽으로 먼지가 보였다. 의자 틈새에 먼지도 쌓였다. 늙어가면서 권태롭고 게을러지는 내 모습을 식탁에서 본다.

썰렁한 식탁이 활기를 찾았다. 아들이 결혼하면서 다시 4인용 식탁이 되었다. 가족이 모두 모이면 의자와 의자 사이에 보조

의자가 필요하다. 의자 하나 놓는 것인데 시끄럽고 어수선하다. 그래도 같이 있어 행복하다. 오랜만에 느끼는 식탁의 온기에 취해본다.

가끔은 거실에 상을 편다. 상은 식탁이라는 생각에서부터 자유로워진다. 음식이 아니어도 되고 장소와 상 크기에 따라 공간 분위기가 다르니까 대화도 길어진다. 식탁은 편리하고 평등하게 나란히 앉지만, 상은 자연스럽게 남편이 가운데 앉게 되고 중심이 된다. 그래서 은근히 상에서 음식 먹기를 유도한다. 삶의 방향이 차이가 있고 필요한 지식과 정보를 다양한 방법으로 얻을 수 있지만 밥상머리 대화에는 가족의 사랑이 있다. 편리한 지식만 쫓고 일방적인 앎의 속도는 이기심만 부추긴다. 어른의 헛기침이 사라지고, 헛기침하는 어른도 없고 모두가 눈치만 보며 권리만 요구하는 차가운 현실이다. 그래서 잠깐이지만 밥상에 둘러앉아 느끼는 가족의 정으로 희망을 잃지 않기를 기대하는 마음이다.

새 의자는 이유식을 시작한 손자가 앉았다. 가족 모두 아기 곁에서 아기 입만 쳐다본다. 이유식을 보고 아함, 입을 벌리면 가족 모두 따라서 입을 벌린다. 아기 따라 함께 음식을 삼키고 다시 받아먹는다. 내 입으로 들어간 것도 아닌데 맛있고 마냥 행복하다. 가족의 사랑으로 아기는 살이 찌고, 가족은 아기의 무구한 웃음으로 마음이 살찐다. 웃음꽃이 핀다.

기념으로 가족사진을 찍는데 울컥해졌다. 고맙고 기특하고 대견한 마음이 아들 내외로 향한 마음인지, 홀로 씩씩하게 견디는 딸에 대한 감정인지, 아직도 꿈꾸는 나를 향한 기대인지는 알 수 없으나 카메라 불빛같이 삶의 빛도 반짝이었으면 좋겠다는 바람이다.

아기 의자가 있어 더욱 풍요로워진 식탁, 손자가 자라면 멋진 의자 하나 마련해야 할까 보다. 앞으로의 일이지만 상상만으로도 행복하다.

동백꽃 보러 갔더니

일주일 전쯤 먼저 갔다 온 K 선생은 방한용 바지를 꼭 가져가라고 했다. 겨울에도 맨발인 그녀가 바람을 막아줄 옷을 준비하라는 것은 그만큼 춥다는 의미다. 따뜻한 남쪽이라 봄이 와 있을 거로 생각하여 가벼운 간절기 옷만 고르다가 겨울 바지 하나를 챙겼다. 이후 다시 슬쩍 꺼냈다. 손끝에서 느끼는 묵직한 겨울옷의 무게가 싫었다. 그곳은 봄이야, 내 생각을 믿기로 했다.

제주도에 도착하니 비가 먼저 반겼다. 밤새 내린 비는 선흘곶 동백동산까지 간간이 따라왔다. 아침인데도 숲은 어둑하여 깊어 보였고 보행매트는 밟으면 물이 올라왔다. 매서운 바람까지 불어 주춤거리자 직원이 다가왔다. 보물찾기하듯 천천히 걸으며 숲을 즐겨보라고 한다. 동백동산은 10여만 그루의 동백나무가 있는데 꽃이 피었단다. 순간 내가 알고 있는 동백나무의 꽃들이 머릿속에서 활짝 피어 유혹했다. 평소 궁금하던 습지에 관해 물었다. 동백동산은 람사르습지로 인정받아 등록되었고 이후 세계지질공원으로도 지정되었단다. 지금은 습지의 진가를 느낄 수 없지만, 어젯밤 비로 물웅덩이가 보일 것이니 자세히 살펴보란다. 천천히 걸으면서 느껴보라는 말은 반복했다. 얇은 옷차림에 오돌오돌 떨며 집중하지 못하는 내가 무척 불안했나 보다.

숲에 들어서니 아늑하고 짙은 숲 향기가 머리를 맑게 했다. 비가 그쳤는지 나무들 사이로 햇살이 쏟아졌다. 검은빛이 감도는 녹색 숲이 찬란하게 빛났다. 밝은 숲의 기운으로 마음도 몸도 안정되었다. 무심코 지나갔던 곳을 되돌아가서 물웅덩이를 찾았다. 맑은 물이 거울처럼 주변을 비추며 고요하고 떨어진 나뭇잎은 생기를 잃지 않았다. 주변 돌들도 이채롭다. 서로 어울리며 산맥 같은 형상을 이루고 돌멩이를 감싼 푸른 이끼에서는 계절을 잊게 한다. 나무도 이름표를 달았다. 새로운 나무 이름을 알아가는 재미와 또 다른 물웅덩이를 만나면서 조심스럽게 걸음을 옮겼다.

몸이 따뜻해지는 것을 느꼈다. 동백동산은 풍혈이 나오는 숨골이 많이 있기 때문이다. 상돌 언덕으로 왔다. 예전에는 동네 사람들이 이곳에서 숲 주변을 살폈다고 하는데 언덕이라는 이름이 무색할 정도로 낮다. 비바람으로 내려앉은 세월의 무게가 보였다.

숲이 별안간 시끄러워 걸음을 빨리했다. 먼물깍 습지 건너편에서 들리는 새소리다. 소리로 새 이름을 알 수는 없지만 즐겁다는 느낌으로 다가온다. 소리로 보아 여러 마리일 듯싶다. 봄이 왔다고, 봄이라고 말하는 자연의 소리가 먼물깍 습지 바람을 타고 건너와 몸으로 안긴다. 보고 듣고 느끼고 기억하는 재미까지 느꼈는데 뭔가 아쉽다. 동백꽃이 보이지 않는다. 10여만 그루의 동백나무는 어디에 있는 걸까. 앞만 보고 걸었다는 생각에 고개를 젖히니 보일 듯 가려있는 동백꽃 한 송이가 보인다. 한참 걸어서 또 한 송이, 여기저기 살핀 후 떨어진 꽃잎만 보았다.

숲을 나와서 직원에게 물었다. 선흘곶 동백나무는 토종동백으로 느리게 성장하는데, 성장이 빠른 나무들 사이에서 햇빛을 받으려고 위로만 자라 꽃을 많이 피우지 못한단다. 그런데 작년에 폭설과 한파로 꽃이 얼어 동백꽃이 더 귀하단다. 천천히 걸으라던 말이 무엇인지 알았다. 사람을 믿는 것만큼 어려운 일은 없다. 겨울옷을 준비하라던 K 선생, 천천히 걸으라는 직원의 말을 듣지 않아 오만이 되었고 앞을 보지 못했다. 선흘 곶자왈은 보이지 않는 노루텅이 있다. 노루를 잡기 위해 돌을 쌓아 만든 함정인데 마치 그곳에 빠진 기분이다. 노루텅에서 나오면 살려고 몸부림치던 정신으로 동백동산을 다시 걸어 보고 싶다. 도틀굴에서부터 따라온 숲 바람이 내게 손을 내민다.

연필

하루 중 내 손에서 가장 오래 있는 연필은 쥐고만 있어도 느낌으로 평온하다. 단단한 나무의 질감이 좋고 둥글지만 만지면 여섯 개 각이 느껴진다. 작품의 글이 풀리지 않는다거나 또는 심심할 때 연필을 잡으면 암전되었던 생각에서 빛이 보인다. 내게 영감을 주는 연필 끝의 봉긋하게 올라온 부분은, 꾸미지 않은 자연 그대로의 지붕 몽골 게르 같다.

여행자들의 편리에 맞춘 게르라고 했지만 여름인데도 밤은 무척 추웠다. 난로에 장작불을 지피며 열어놓은 문 사이로 쏟아지는 별무리를 감상했다. 망원경으로 보면 북극성의 빛이 다이아몬드처럼 빛난다고 했지만 날씨가 흐려서 크기를 확인하지 못했다. 몽환적이고 환상적일 거라 기대했던 아쉬움을 풀숲을 밟으며 삭이는데 게르가 몽당연필처럼 보였다. 살짝 솟은 지붕이며 둥근 모양이 손에 쥔 작은 연필처럼 정겨웠다.

틱낫한 말씀 중에서 종이를 인용해 보면 종이 안에는 구름이 흐르고 있다고 했다. 구름은 비를 내리고, 비를 맞고 자란 나무는 종이가 된다. 종이가 존재하기 위해서 구름은 필수적이다. 그러므로 구름과 종이는 공존한다. 나는 그 중 인연으로 닿은 티끌 같은 한 장 종이에 연필로 글을 쓴다. 연필 글씨는 부드럽고 정겹다. 좋은 냄새도 난다. 자연과도 닮았다. 펜글씨는 처음부터 끝까지 같은 굵기지만, 연필은 금방 깎아 쓴 글씨와 무디어진 심의 글씨 변화로 새롭다. 사용할수록 작아지는 크기를 눈으로 확인하는 것도 연필을 즐겨 쓰는 재미 중 하나다.

오래전에 청주 문인협회에서 '문인 자필 시화전'을 했다. 인쇄된 원고지에 본인이 직접 글을 써야 하기에 사업 계획을 발표할 때부터 의견이 분분했다. 스스로 악필이라고 생각하여 쓰는 부담과 그림이 없으면 차별성이 없다는 것으로 기억된다. 그러나 새로운 방식의 시화전은 그림의 인위적인 것이 배제되어 담백하고, 문인의 자필 글씨를 볼 수 있어 좋았다는 호평을 받았다. 이후 다른 방법으로 시화전은 계속되고 참여할 때마다 생기는 시화 작품 중에서 가장 아끼고 가까이 두고 보는 것은 내 글씨로 쓴 작품이다. 한 칸 한 칸 온 마음으로 채워가던 심호흡, 작품이 완성되기까지 긴장감, 한 장 종이의 가치를 깨닫던 소중한 순간은 시간이 흘러도 설렌다.

그때 썼던 연필도 지금의 것과 같은 종류의 연필이다. 잘 써지고 진하며 연필심이 종이에 닿았을 때 미끄러지듯 가볍다. 그래서 자유자재로 쓸 수 있고 글씨도 예쁘게 써진다. 주로 빠른 시간 안에 많은 글을 써야 하는 내 직업과 흘림체 글씨도 멋스럽게 보이는 연필 글씨는 나와 잘 맞는다.

가끔 아이들이 연필을 탐할 때가 있다. 디자인과 색상은 예쁘지만 흐리게 써지는 학생용 연필보다 진하게 써져서 부러운 듯하다. 한 번만 써보겠다며 가져간 약속은 지켜지지 않고 돌아올 때는 뭉툭해져 있다. 꾹꾹 눌러썼으리라 짐작한다. 연필 글씨는 손의 힘 조절과 순간의 집중력이 글씨체로 드러난다.

조상들이 가장 좋아하는 소리에는 세 가지가 있다. 마른 무논에 물들어가는 소리, 아기가 엄마 젖 먹는 소리, 그리고 하나는 책 읽는 소리라고 했다. 나는 글씨 쓸 때 듣는 소리를 가장 좋아한다. 한 글자 쓸 때는 소리가 없지만, 집중하는 고요함 속에 한 글자 한 글자 소리가 모이면 사각사각 소리가 된다. 오롯이 종이에 담아내는 자연과 만남의 소리다. 글씨 쓰는 소리의 이끌림은 황홀하고 숙연해진다. 아름답다. 연필 글씨에서만 들을 수 있는 고유한 소리다.

겨울방학 수업이 모두 끝나고 청소를 하는데 연필 한 자루가 떨어져 있다. 내 손안으로 쏙 들어오는 주황색 작은 연필인데 깨끗하다. 소중하게 사용한 마음이 보여서 주인이 궁금해졌다. 그러나 돌려줄 방법이 없다. 내 필통에 넣었다. 새 학기가 되면 주운 연필은 또 다른 아이 손으로 인연이 닿을 것이다. 연필을 꺼내 깨끗이 닦았다. 기분이 참 좋다.

졸작의 변명

    탁상용 달력은 내 삶의 기록이고 알림장이다. 기억만큼 메모하고 중요한 것부터 색깔로, 도형으로 구분해 놓지만 가끔은 생각 없이 쳐다보고 비슷한 것끼리 겹쳐놓아서 실수도 한다. 그중 '중부매일 원고 마감' 메모는 반가우면서도 긴장된다. 소재가 있으면 여유 있는 기다림이 되는데 무엇을 쓸까? 고민이 많으면 원고 마감 다가오는 시간이 거인 발소리만큼 크고 바람처럼 빠르다. 이번에도 원고 마감이 가까이 다가와서야 펜을 들었다. 버리지 못하는 버릇이다.

    지호는 4학년이다. 아침 자습 시간에 400자 원고지에 매일 글을 쓴다고 한다. 400자도 놀라운데 원고지에 쓴다고 하니 궁금해졌다. 400자를 쓸 수 있니? 그것도 매일. 내 질문에 특유의 웃음으로 자신감을 보여준다. 담임선생님은 400자 원고지를 나눠주고 주제를 주어 글을 쓰게 하는데 나와 만난 날은 '하늘의 구름을 떠먹으면 어떤 맛일까' 주제였다. 자신 있게 썼다고 했다.

순간 나도 구름의 맛에 대해 떠올렸다. 흥미롭고 재미있을 것 같지만 400자라는 부담의 무게가 느껴졌다. 다른 아이들은 원고지도 모르고 본 적 없고 400자가 무슨 뜻인지 몰라서 수업 흐름이 글쓰기로 잠시 바뀌었다. 글감 찾기, 얼거리 짜기, 글쓰기를 설명하는데 오랫동안 글쓰기 지도에 소홀했다는 생각이 들었다. 긴 글쓰기를 어려워하고 즐거워하지 않는다는 것은 소심한 핑계였다. 아이들의 생기 있는 눈빛을 보면서 상쾌한 아침, 원고지에 글 쓰는 지호네 반 연필 소리가 울림으로 다가왔다.

기억을 따라 올라가면 고등학교 국어 선생님은 여자 선생님이셨다. 국어 시간 준비물은 편지지였고 숙제는 신문의 사설 써오기였다. 날씨가 유난히 맑거나 비가 내리는 날, 교정의 나뭇잎 색깔이 예쁠 때면 편지지를 꺼내라고 하셨다. 글을 쓰기 싫은 친구들은 편지지가 없다는 것을 이유로 거부했다. 선생님은 여

학생 가방에 편지지가 없음을 나무라듯 꾸짖으며 준비한 편지지를 나눠주셨다. 여기저기서 투덜거리는 소리에도 나는, 편지 쓰는 자유로운 시간을 은밀히 즐기고 기다렸다.

지금은 편지지와 원고지, 한자가 있는 사설을 기억하면 나이를 가늠할 만큼 시간이 흘렀지만 숙제처럼 글을 쓰고 숙제가 연습의 결과가 되어 지금까지 글을 쓰고 있다고 생각한다.

지호네 반도 아침 시간에 글을 쓰는 400자 원고지에 담는 생각이 바르고 멋있게 성장하는 바탕이 되리라 믿는다. 또 청주를 대표하는 작가로, 나아가 대한민국을 빛내는 노벨문학상이 지호네 반 아이들에게서 나올지도 모를 일이다. 앞날의 일이라서 축복하는 마음만으로도 흐뭇하다.

소설가인 은사님의 하루는 서재에서부터 시작이다. 컴퓨터 앞에 앉아 글을 구상하다가 생각이 떠오르면 글을 쓴다고 하셨다. 글이 써지지 않을 때는 조용히 앉아만 계신다고 한다. 매일? 하루도 빠짐없이요? 엉뚱한 내 질문은 의심이 아니라 걱정이었다. 여든이 넘고 조금씩 건강 이상이 보이는데 의자에 오래 앉아 있기란 쉽지 않은 일이다. 그런데도 소설의 마지막 목표가 있기 때문에 매일 글쓰기를 멈추지 않는다고 하셨다.

글이 써지지 않을 때, 글쓰기가 두려워질 때 은사님 삶의 철학과 어린 지호가 매일 쓰는 400자를 떠올리며 게으른 나를 채찍질한다.

올해도 얼마 남지 않았다. 쓸데없이 분주하고 세상일에 궁금하여 집중하고 진중하지 못했다. 새해는 처음처럼 연습하고, 연습함을 즐기며 살아야겠다고 다짐한다. 새해 달력에 첫 번째 쓸 약속이고 메모다.

4

오래된 것은 사라지고
기억만 남는다

우연히 가구 소품 가게를 지나다가
버려진 의자와 비슷한 나무 의자를 발견했다.
이젠 훌쩍 커버린 아이가 작은 의자에 앉지는 못하지만
내 집에 들이는 것으로 마음의 빚을 위로받고 싶었다.

단골집

손님으로 갔는데 공간이 익숙하고 편안하면 단골집이다. 인테리어 변화를 금방 알아보면 단골집이다. 자연스럽게 빈자리 찾아가면 단골집이다. 주인이 먼저 인사하고 간단한 안부까지 물으면 단골집이다. 옆자리 손님과 서슴없이 이야기 나누는 곳이면 단골집이다. 주인을 통해 내 이웃의 소식을 들으면 단골집이다. 식성을 알아서 주문하지 않아도 음식이 나오면 단골집이고, 낯빛을 알아채면 단골집이다. 그리고 취향과 성격을 알면 단골집이다.

나는 성격이 외골수라서 마음에 들면 단골이 되는 경우가 많다. 한 곳의 단골이 있는가 하면 커피숍은 몇 군데 단골집이 있다. 처음 단골이 된 커피숍은 커피 맛이 으뜸이다. 주인이 커피 내리는 모습은 禪에 이른 匠人의 모습과 같다. 한 잔의 맛을 내기 위해 집중하는 정성스런 손길은 숨을 멎게 하고 내가 귀한 사람이 된 느낌이다. 마시지 않아도 맛을 알 수 있다. 그곳은 커피만 있다. 그래서 좋다. 자기 주관이 뚜렷하고 삶과 일에 철학이 있는 사람에게 매력을 느낀다.

20여 년 살았던 집 근처에는 문구점이 있다. 아파트가 들어서면서 상가가 생겼고 그곳에 터를 잡은 주인은 드나드는 아이들 이름을 다 외운다. 형제, 자매, 남매 사이까지 기억하는 주인은 문구점에 들어오는 아이에게 이름을 부르면서 먼저 인사한다. 근처에 중학교도 있고 문구점은 한 곳이라 많은 사람이 들락거리는 곳이다. 문구점에서 흔하게 보는 오락기라던가 뽑기 같은 사행성 물건이 없는데도 항상 북적인다. 친절하게 이름을 부르며 맞아주는 주인의 성품이라고 생각한다.

하나의 작은 물건을 사면서 이것저것 요구해도 변함없는 주인이 좋아 살 것이 없어도 찾아가는 문구점은, 기업의 대형화와 인터넷 판매, 학교에서도 문구의 준비물이 없어져서 활기차던 공간이 한가롭다. 항상 새롭고 흥미롭던 진열장을 바라보던 내 시선도 느려졌다. 사람도 환경도 생활도 세월 따라 변했지만,

처음부터 현재까지 문구점을 찾아오는 아이들 이름을 알고 있는 주인의 기억은 일을 즐기고 있음을 알려준다. 아파트도 오래되어 젊은이가 없고 아이들도 점점 줄어가지만 한 곳에서 변함없는 마음으로 지키는 신의가 있어 문구점 공간은 항상 빛난다.

또 하나 단골집은 미장원이다. 대부분 오랜 단골이라 손님들은 노년에 가깝다. 그래서 그곳은 예약이 되지 않는다. 편안한 시간에 내 집처럼 오는 것이 자연스러운 풍경이다. 영업시간은 있으나 지키지 않고, 문 열기 전부터 먼저 와서 기다리는 사람이 순서다. 처음에는 여러 가지 불만이 있었다. 그런데 드나드는 사람들을 알게 되면서 이해되었다. 주인보다 손님이 먼저 와서 기다리고 서로 격의 없이 인사 나누며 필요한 것은 스스로 가져오는 곳, 다른 손님의 안부를 묻는 것은 단골집에서만 보는 정겨움이다.

미장원은 새로운 소식과 소문의 진원지였던 옛날 빨래터와 흡사하다. 여자들만의 성지인 그곳은 다양한 사람들이 와서 잠깐 머물다 가지만 펼쳐지는 소재는 풍성하다. 쟁점이 되는 사건부터 연예인, 드라마 혹은 이웃, 내 집 일까지 흥미롭고 다채롭다. 또 연륜과 경험에서 얻은 삶의 지혜와 살림 비법은 인터넷 검색에도 없는 유익한 정보다.

웃고 흥분하고 분노하고 비판하는 그곳에는 손님의 이야기를 귀담아들어 주는 원장이 있다. 변함없는 태도로 공감하고 친절하며 웃어주는 원장이 있어 오래 기다리는 불편함을 견디고 이해한다. 그곳에 가면 나는 젊은이다. 그래서 좋다. 젊다고 부러워하는 사람들 속에 어떤 말이든 들어주며 지지해 주는 주인이 있어 멀어도 찾아간다.

단골집은 믿음이 있다. 소박하지만 격이 있다. 사람을 대하는 태도가 진실하며 일을 즐긴다. 그리고 손님 말을 존중하며 공감한다. 단골이 된 이유이기도 하고 닮고 싶은 사람이기도 하다. 단골집 주인이다.

얻을 것이 있어야 온다

어머님 산소에 꽃이 바뀌었다. 셋째 시누이가 한 일이다. 어머님이 돌아가신 후 조화(弔花)는 딸의 마음이다. 벌초를 잘했나 갔다 온 남편은 꽃이 노란색이라고만 했다. 추석이 다가오니 새 꽃으로 갈았겠지했는데 성묘하러 가서 보니 생화다.

요즘 비가 오지 않아 꽃을 심고 엎은 흙은 갈라지고 꽃도 몇 송이 까맣게 말랐다. 생수로 가져온 물을 꽃에 흠뻑 주고 나니 먹을 물이 부족했다. 올해 추석은 빨라서 오후는 여름과 같다. 잔디를 잘 깎아 놓은 넓은 산에서 아이들은 뛰어다니다 물을 찾고 어른들은 그늘을 피해 앉았지만 물 생각이 간절하다. 꽃은 생기를 얻고 사람들은 마른침만 삼켰다.

남편의 심기는 그때부터 불편했다. 산속에 꽃이 무슨 소용이냐며 눈치를 주면서도 어머님 산소이니 대놓고 말은 못 하고 괜한 트집만 잡았다. 나는 일부러 곁눈질로 꽃만 쳐다보았다. 소국인데 산소와 잘 어울린다. 꽃이 활짝 피면 벌도 나비도 날아올지 모른다. 햇빛도 쉬어가고 바람도 노래가 되겠지. 적막한 산속에 국화꽃은 아름답고 따뜻한 풍경이다.

그 후 꽃에 물을 주러 산소에 간다. 남편은 생전에 잘했어야지 국화가 뭐 그리 대단하냐며 마뜩잖아하면서도 따라나서는 속마음을 나는 안다. 산소 주변에 밤나무가 있다. 키가 작고 평편한 곳이라 줍기가 수월하다. 처음에는 영글지 않아 몇 알만 주웠는데 밤송이가 열리면서 차츰 많아졌다. 가끔은 우둑우둑 떨어지는 소리에 놀라기도 하고 산 냄새에 취해보는 여유도 갖는다. 우리 부부는 평소 잘 다투는 편이지만 밤을 줍는 시간은 한마음이 된다. 가시에 찔릴까 봐 서로 살펴주고 풀이 무성한 곳은 위험하니 조심하라고 마음 써준다. 이젠 꽃의 물은 핑계가 되었고 밤 줍는 재미에만 빠졌다.

바람이 땀을 씻어주며 지난다. 잠자리도 낮게 날고 풀도 순해져서 부드럽다. 여기저기 곤충들이 튀는 소리도 정겹다. 볕 쬐기 좋은 계절이다. 어머님 산소에 앉아 쉬어본다.

생각해 보면 어머님과 정겨운 시간은 많지 않았다. 맏며느리인 내가 마음에 들지 않아서 만나면 서운한 감정부터 말문을 열었다. 가끔은 같은 말이 반복되어 일부러 말머리를 돌리기도 하고 일을 찾아 일어서면 그런 내 행동까지 미움이 되었다.

암 진단을 받고 돌아가시기까지는 짧은 시간이었다. 영원한 이별 앞에 어머님과 나는 서로가 서로한테 용서했다. 병실이지만 안방인 양 편안한 대화를 나눴다. 마음을 열어놓으니 상처의 흔적도 사라졌다. 좀 더 일찍 서로를 이해하려고 했다면 시어머니와 며느리의 거리가 그렇게 멀지는 않았을 것이다. 어머님이 돌아가신 후에야 그리움이 밀려온다. 보고 싶어 눈길이 꽃에 머문다.

지금까지 산소는 의무처럼 왔다 가는 짧은 발걸음이었다. 그러나 얻을 것이 있으니 자주 찾게 되고, 지난 일에서 어긋났던 대화를 바꿔보며 어머님을 이해하려고 노력한다. 생각만으로도 마음이 가볍다.

우리가 사는 모습도 똑같다. 얻을 것이 있으면 움직인다. 원하는 것을 얻기 위해 긴 대기 줄의 기다림도 지루하지 않고, 목표가 있으면 어떤 어려움도 참고 견디어 낸다. 간절할 때, 필요할 때, 환심을 사고 싶을 때 마음은 원하는 쪽으로 움직인다.

내 강좌도 2학기 수강생이 많이 줄었다. 1학기 수업에서 만족하지 않았나 보다. 사람의 욕구는 다양하고 수시로 변하고 욕심이 되기도 한다.

그러나 교통체증을 견디며 고향으로 향하는 마음은 모두 똑같다. 밤을 주우러 온 건데 나무 아래서 얻은 것이 더 많다. 오늘따라 밤나무가 더 커 보인다.

빈방

부음 소식을 듣자마자 반사적으로 옷을 갈아입었다. 부음이 었는데도 반가웠다. 그의 소식을, 이름을 들은 것만으로도 들뜨게 했고 떨렸다. 앞뒤 생각 없이 달려가면서 내가 많이 좋아했다는 것을 다시 느꼈다. 장례식장으로 가는데도 흥분된 가슴이 콩닥거렸다.

처음 만나던 날도 그랬다. 성인 문학 강좌 수강생은 모두 여자였다. 주최하는 단체가 여성인력 전문 기관인 것도 있고 조금은 정치적인 부분도 있었다. 그 무렵 서울에서 지방으로 내려온 나는 친구 없이 외롭게 지냈다. 집 근처에 기관이 있어 어떤 강좌가 있나 기웃거리며 들락거렸다. 글은 쓰고 싶었으나 방법을 몰랐고 아이들이 어려서 시간 제약이 많았다.

마침 나와 생각이 같은 간사가 뜻밖의 제안을 해왔다. 문학 강좌를 열어 보자는 것이다. 그즈음 각 대학 평생교육원에서 주부들 대상으로 문학 프로그램이 인기였고 문학의 열기가 고조되던 시기였다. 그 틈새를 새롭고 특색 있게 문학 강좌를 열고자 했는데 강사들은 해직교사였다. 같은 생각을 가진 시민 몇 명으로 시작한 강좌, 첫날 첫 강의인데 강사가 오지 않았다. 연락이 자유롭지 못했던 때라 모두 걱정하며 초조하게 기다리는데 키 작은 남자가 해맑게 웃으며 들어섰다.

개량한복에 젖은 머리카락을 툴툴 떨며 미안함인지, 반가움인지, 쑥스러움인지 모를 묘한 미소를 본 순간 잠시 술렁이던 실망의 감정을 아무도 드러내지 못했다. 강의 보다 그분을 마주보며 모두는 깊은 고요 속으로 빠졌는데 평범하지 않은 옷차림과 어깨에 맨 낡은 악기 끈이 호기심을 자극했기 때문이었다. 수업 후 모였다. 뒷담화려니 했는데 피리 부는 사나이 가수 송창식을 연상케 하는 수더분한 인상이 호의적이었고 비범한 매력이 있다며 앞으로 만남이 기대된다고 했다.

그 중 L 언니가 제일 좋아했고 적극적이었다. 나도 언니만큼 좋아했으나 수강생 중 나이가 어린 편이어서 속내를 드러내지 못했다. 대신 총무를 맡아 그분과 연락하는 일이 자연스러웠고 감정의 기류를 즐겼다. 그런데 어느 날 회원 모두가 그분을 좋아하고 있었음을 자연스럽게 알게 되었을 때 애정이 아니라 연민과 존경일 수도 있다는 의견이 모아졌다. 생각은 각기 다르지만 L 언니와 나는 그분의 강좌에 가장 열심이었고 왕성하게 글을 발표해서 우수한 수강생으로 인정받았다. 지금까지 글을 쓰는 원동력도 그때 얻은 즐거움과 용기의 힘이라는 생각에는 변함없다.

강좌는 짧게 끝났지만 마음속은 여전히 그분을 향해 남아 있었다. 공통의 이유로 수다 떨면서 친해진 L 언니도 남편 전근으로 이사했고 그분도 복직이 되어 학교로 돌아갔다. 글을 써도 재미없었고 삶이 조금씩 느슨해졌다. 보고 싶었지만 명분이 없었다. 스승의 날이 돌아왔다. 놀이터에서 놀고 있는 아이들을 부르고 남편에게 운전을 부탁하여 그분이 근무하는 학교로 달렸다. 산은 높고 깊은 골짜기는 바람으로 뭉쳐진 송홧가루를 한 아름씩 골짜기에서 골짜기로 옮겼다. 멀고 위험한 좁은 길을 불평하는 남편 곁에서 달콤한 송홧가루 냄새를 맡으며 오래 기다린 시간을 보상받듯 황홀감에 젖었다.

그리고 교실에서 먹었던 소박한 점심과 짧은 만남, 헤어질 때 운동장 교단에 올라 흔들어주던 손이 마지막이었다. 바람이 바람처럼 살아가는 그의 소식이 날아오고, 썼던 편지를 부치지 못한 채 또 시간이 지났다. 그의 시가 사람들 입에서 입으로 낭송되고 가슴을 울리는 그리움으로 공감할 때도, 나는 시보다 시인의 본명 이름이 먼저 떠올랐다. 그러면서 첫날 웃던 묘한 웃음과 헤어지면서 웃던 표정이 겹치면서 통증으로 왔다. 詩語처럼 사는 게 궁금하고 어떻게 사는지 안부 묻고 싶은 사람이었다.

소식의 끝은 빈소였고 나를 맞이한 것은 아무도 없는 공간 속 고인의 캐리커처 얼굴, 영정사진이었다. 일찍 와서인지 조화도 조문객도 없는 공간 한쪽에 놓인 유품과 시집만이 분위기를 엄숙하게 했다. 첫 시집 앞에서 엉거주춤 앉았다. 주인 허락 없는 들어온 것 같아 불안하고, 마주하는 것도 멋쩍었지만 아무도 없음이 다행이었다. 오롯이 마주하는 시간, 한 번도 둘만의 시간을 가진 적 없었기에 처음이자 마지막의 시간이었다. 지하의 빈방, 빈소였지만 편안했다. 그동안 그리움으로 비어 있던 내 마음에도 따뜻한 기운이 차올랐다.

집에 돌아와 오래전 만들어 놓은 홈페이지를 열었다. 생각나지 않는 비번은 녹슨 열쇠처럼 덜컹거리고 타임캡슐 같은 방에서는 묵은 시간의 냄새가 났다. 시가 뭔지도 모르면서 좋은 사람 생각에 써놓은 몇 편의 시와 연애편지 같은 작가 노트, 멈춘 날짜는 과거인데 기억은 늙지 않아서 오늘처럼 마주한다. 이젠 버려도 될 것 같다는 생각이다.

삭제할까요? 클릭 한 번으로 사라지는 냉혹한 컴퓨터의 공간 처리 능력 앞에서 첫 만남보다 지금, 이 순간이 더 숨 막힌다.

소중한 것은 오래되어도 빛난다

아직은 봄이 멀리 있다고 생각했는데 '2월의 영춘화' 제목을 붙여 사진을 보내왔다. 한숨을 표현하는 이모티콘은 K 님의 마음이다. 올해 첫 꽃소식인데 반가움보다는 겨울이 머뭇거리기만 하다 물러선 것 같아 허탈했다.

나는 계절의 변화에 민감하다. 가을은 그늘의 넓이로부터 알고, 봄은 소리로 온다. 얼음이 갈라지는 저수지 포효, 새들의 지저귐은 맑고 높아지며 놀이터로 모인 아이들 소리가 가까이 들릴 때 봄을 느낀다. 그런데 불쑥 봄꽃이 피었다는 소식이다. 올해는 겨울다운 추위도 느끼지 못하고 지나갔다. 사라진 겨울은 생태계 질서를 무너뜨리고 농작물에도 영향을 준다. 기후변화로 지구촌 곳곳에서도 위험을 예고하고 있다. 남극은 이상 고온으로 펭귄이 사라질 위기에 처했다고 한다.

겨울이 겨울다워야 하는 이유를 K 님도 간절했다. 사진을 배우고 있는데 첫 도전은 눈 쌓인 청주 풍경이었다. 기다리며 설레는 마음을 곁에 있는 나도 느낄 정도였다. 그래서 어떤 날은 내가 사진 찍을 것처럼 흥분되어 좋은 장소를 떠올렸다. 소박하지만 이야기가 있고, 시간의 더께로 소중한 흔적이 남아 있는 곳을 생각해 보았다. 바쁘면 보지 못하는 아름다운 길도 몇 군데 알고 있다. 그곳 겨울이 K 님 렌즈 안에서 어떤 모습으로 탄생할까 기대했다. 나도 K 님도 겨울은 희망이었다. 그런데 어느새 핀꽃으로 팽팽하게 당기던 긴장감이 풀렸다.

사진을 찍어 놓지 않아 후회되는 것 중 하나는 안동 하회마을 류성룡 생가 대문턱이다. 대문턱 가운데가 움푹 파였고 가장자리보다 훨씬 낡았다. 대문턱 가운데로 류성룡 선생은 생의 위협과 맞서며 넘었고, 누구는 난분분한 세상의 소식을 전하며 드나들었다. 그리고 지금은 여행자들이 넘나들며 형태를 잃었다. 어느 누구도 낡은 대문턱에 관심 갖고 사진 찍지 않아 내 기억 속에서 혼자 것이 되었다.

기억을 설명하고 이해를 돕는데는 사진만 한 것이 없다. 아련한 시간의 진경을 보여주는 사진전 〈학림다방 30년-젊은 날의 초상〉을 개막한다는 소식을 접했다. 직접 가서 보지는 못했지만 소셜 미디어를 통해 본 전시회는 사진에서 이야기를 들을 수 있었다.

공간은 주인을 닮고 주인 철학에 따라 사람들이 모인다. 학림 다방 주인이자 사진작가인 그는 늘 같은 장소, 안에서 밖의 풍경을 찍었다. 사진 속 현실은 '창문 너머로 흐른 시절들'이란 제목이 되었고, 밖에서 다방으로 들어온 사람들의 모습을 찍은 사진은 '젊은 날의 초상' 제목이 붙는다. 기타 소리가 들릴 것 같은 김광석의 손끝, 송강호를 비롯한 풋풋했던 시절의 연예인들, 시인 김지하, 자연과 우리 것의 소중함을 깨워주는 윤구병 선생님 얼굴도 보인다.

〈학림다방 30년-젊은 날의 초상〉 사진 중 어떻게, 무엇을, 누구를 기억하는가에 따라 추억하는 이야기는 각각이다. 나는 윤구병 선생님이 제일 반가웠다. 『우리 순이 어디 가니』 그림책은 봄이면 제일 먼저 생각난다. 할아버지께 새참 갖다 드리러 가는 순이를 따라가면 시골의 봄 냄새가 온몸으로 스며든다. 냇가, 보리밭, 꽃길에서 만나는 풀, 나무, 동물들은 지금은 느낄 수 없지만 그 시대 우리 삶의 정서를 그대로 보여준다.

겨울 사진을 찍고 싶어 하는 K 님 마음과 같은 사진도 있다. 사진 속 풍경은 눈 오는 날이다. 나뭇가지에 눈이 쌓였고 사람들은 우산을 쓰고 걷는다. 그들이 지나간 뒤로 발자국이 선명하다. 겨울이지만 포근했으리라. 발자국 녹은 흔적이 보이는데 눈은 쌓이지 않았다. 가로등 불빛이 눈송이처럼 나뭇가지에 걸렸다.

"잘 찍은 사진도 아니고 유명 작가도 아니지만 30년이 지나고 보니 세월이 귀한 사진을 만들었다."고 작가는 말한다. 그러나 모두가 귀한 것이 되지는 않는다. 잘 봐야 한다. 바른 생각으로 봐야 한다. 그리고 즐겨야 한다.

K 님에게 어떻게 문자를 보낼까 고민하는데, 봉준호 감독이 아카데미 시상식에서 마틴 스코세이지 감독의 말을 빌려 수상 소감을 한 말이 떠올랐다.

"가장 개인적인 것이 창의적이다."

두 사람의 말을 조금씩 모방하여 문자를 보냈다. 영춘화를 본 것은 개인적이지만 '2월의 영춘화'를 본 것은 창의적입니다. 봄꽃 귀하게 받았습니다.

여행은 사람의 마음을 본다

중국 계림의 용나무 뿌리는 위에서 아래로 자란다. 나뭇가지에서 돋아나 아래로 내려오며 자라다가 땅에 닿으면 한 그루 나무가 된다. 탄생신화를 연상하게 하는 신비로움은 년 중 200여 일 오는 비의 영향이라고 한다. 위에서 돋았으나 뿌리의 본성은 습하고 축축한 흙을 찾아 내려오는 것이다.

올해도 몇 평 안 되는 땅에 씨앗을 뿌렸다. 오랜 가뭄으로 싹은 나오지 않고 흙만 갈라졌다. 틈틈이 물은 주었지만 메마른 흙을 충분히 채우지 못했나 보다. 건강한 씨앗은 스스로의 힘으로 나올 것이라 생각했는데, 실패한 후에야 씨앗도 주인의 정성을 느낀다는 것을 알았다.

씨앗만 적절한 환경이 필요한 것은 아니다. 나도 그랬다. 온몸 세포가 말라가는 것 같고 서걱거리는 소리가 났다. 비대해지는 몸과 달리 마음은 점점 메말랐다. 사소한 것에 예민하고 이유 없이 화가 났다. 대상에 대해서도 부정적인 것이 먼저 보였다. 갱년기 증상이라고 했다. 갱년기는 한 번만 겪는 것이 아니라 몇 번씩 오는 경우도 있다고 한다. 어떤 이는 갱년기 우울증이라고도 했다. 젊다는 생각만큼 행동은 따르지 않고, 언뜻언뜻 느끼는 몸의 변화에서 오는 불안함 때문에 나를 거부하는 심리가 있다고 한다.

마침 5월에 연휴가 있어 계림으로 여행을 떠났다. 공항에 도착하니 비행기 창문으로 빗줄기가 먼저 반겼다. 비를 좋아하는 나를 위한 전주곡 같았다. 빗소리에 마음도 몸도 다시 살아나는 기분이었다.

계림의 5월은 우기다. 첫날은 그런대로 좋았다. 땀을 흘리는 것보다 비에 젖는 것이 활동하기 수월하다고 했다. 모자와 선글라스는 가방 깊숙이 넣었다. 다음 날도 비가 왔다.

'이강' 뗏목체험을 하는 날이다. 계림의 3만 6천 봉우리와 물빛에 일찍이 빠진 사람이 있었으니 독립군이다. 은신처를 옮겨 다니던 독립군은 계림으로 온다. 끝없이 이어지는 기암절벽을 사이에 두고 흐르는 이강의 아름다움에 현실을 잊은 채 뗏목을 타고 물놀이를 즐긴다. 강물에는 시름을 흘려보내고 높은 봉우리에는 조국광복을 기원하며 태극기를 꽂았으리라.

잠깐 동안 꿈같은 낭만을 즐기던 광복군을 생각하며 뗏목에 오르니 비로 인하여 흙탕물이다. 느리게 움직이는 뗏목에서 산봉우리를 올려다본다. 바위 위에 나무가 우거졌다. 숲인가 다시 보면 바위다. 바위 색깔도 독특하다. 바위를 감싸고 흘러내리는 것 같은 검은 빛이 먹물과 같다. 정성으로 먹을 갈아 농도가 적당한 먹물을 바위 위에서 쏟으면 내려오는 형태가 저럴까. 유연하면서도 강건하고 화려하지만 담백하다.

봉우리들은 비에 따라 산안개를 품었다가 풀어놓기를 반복한다. 한 올 한 올 풀어놓으면 허공은 깊은 바다가 된다. 잔잔한 물결에 이끌리는 순간 비가 내리며 안개는 사라지고 소리만 남는다. 금세 햇볕이 산꼭대기에서 쏟아진다. 초록빛이 일렁인다. 산안개도 힘차다. 휘몰아치듯 달려들었다가 흩어지고 다시 고요하다. 자연이 그려주는 무궁한 신비로움, 극락에 오르는 길이 있다면 산안개 속이리라.

셋째 날도 비가 왔다. 마르지 않은 옷에 또 비를 맞아 냄새가 났다. 마음도 몸도 조금씩 지쳐갔다. 별일도 아닌 것에 민감하고 짜증 섞인 말들이 오갔다. 또 오랜 감정의 씨앗을 발아하는 촉진제가 되었다. 그동안 쌓인 좋지 않은 감정들이 새싹 나오듯 올라와서 서로가 서로한테 심기를 건드렸다.

여행하면 사람이 보인다. 그 사람의 면모를 알게 된다. 나도 내가 보인다. 부족한 나를 채우고 새로운 만남을 통해 나를 발견하는 계기가 된다. 그래서 불편한 남편 형제들과 계획한 여행이 많이 망설여지고 부담되었지만, 부딪치면서 관계 회복이 되리라 생각했다.

그러나 비로 지친 마음 때문이었을까, 멀리 떠나온 환경변화였을까. 그동안 쌓인 옹이진 상처와 적개심을 드러내면서 싸움이 되었다. 자신의 감정에 간혀 고집부리는 우매함, 자기애에 빠진 이타심, 이해타산만을 쫓아 저울질하는 약삭빠른 행동들은 여행이 아니었다면 볼 수 없었다. 처음으로 떠난 해외여행은 비린 옷 냄새 같은 여운만 남기며 헤어졌다.

계림에 오면 누구나 신선이 된다고 한다. 아름다운 자연과 합일되는 마음처럼 인간관계의 미움을 내려놓으면 자유로워질까. 관계의 지속성에 대해 고민에 빠졌던 나는 돌아와서야 신선을 꿈꾼다.

공원에서

집 근처에는 문암생태공원이 있다. 문암생태공원은 생활 쓰레기를 매립 후 만든 곳으로 처음에는 기피 현상이 뚜렷했다. 쓰레기가 분해되는 가스 냄새도 나고, 나무들도 자라지 못해 쉼터가 되지 못했다. 10여 년이 지난 지금 문암생태공원은 생활 쓰레기 매립지라는 인식은 지워졌고 시민의 휴식처로 바뀌었다. 넓은 공간은 산책과 운동하기 좋다. 나무들도 자라 그늘이 생겼다. 이따금 지나가는 기차 소리에 새소리도 함께 날아온다.

튤립꽃밭은 봄날의 명소다. 모두 같은 미소로 모인다. 어린아이는 꽃밭에서 뛰놀고 사진 찍고 꽃 보는 것만으로도 흐뭇한 사람들은 나무 그늘에서 하루가 편안하다. 산 꿩이 우는 숲, 하늘에는 바람이 연을 몰고 간다. 끊어져도 웃고 높이 날면 덩달아 신난다. 하늘과 자연과 사람이 하나가 된다.

송홧가루가 날리던 날, 소나무 그늘에 자리를 잡았다. 송홧가루가 날아왔지만 싫지 않은 공격이다. 바람도 힘을 합쳤다. 가져온 몇 가지 물건이 날아갔다. 일어섰다 앉기를 반복하는 동안 돗자리에 송홧가루 물결이 생겼다. 내가 일어서면 송홧가루는 흩어질 것이다. 냄새도 좋고 바람도 신선하여 하늘 보고 누우니 소나무 그늘도 함께 누웠다.

인공폭포에서 세찬 물줄기가 쏟아진다. 미세먼지에 지친 마음이 씻어지는 느낌이다. 아이들이 소리치는 곳은 바닥분수다. 물기둥은 높이 솟았다가 스러지고 다시 솟아오른다. 옷이 젖어도 행복하고 물줄기에 맞아도 즐겁다. 뛰다가 서로 부딪쳐도 웃음이 나고, 넘어져도 재미있다. 폴짝폴짝 뛰면 더 시원하고 빙글빙글 돌아도 덥지 않다.

얼마나 지났을까, 우렁찬 스피커 소리가 고요한 공원을 흔들었다. 공연을 준비하는 듯한 움직임이 스피커를 통해 그대로 울려 퍼졌다. 빨간 옷을 입은 여자가 노래를 불렀다. 귀에 익은 트로트다. 여자는 춤사위 중간중간에 소리 높여 박수를 유도했다. 굵고 탁한 소리가 쩌렁쩌렁 울렸다. 반응이 없다. 반주곡을 높였다. 고막을 찌르는 소리가 폭포 소리를 삼켰다. 노래는 계속됐다.

트럼펫 연주회 하는 곳이 있어 자리를 옮겼다. 작은 음악회 현수막을 걸어놓은 무대는 회원 몇 명만 자리를 지키고 있다. 하모니카 연주가 시작됐다. 하모니카 연주 소리는 들리지 않고 반주곡만 크다. 그런데 차츰 반주곡 스피커 소리가 높아갔다. 맞은편 공연단 스피커 소리도 높았다. 두 곳에서 들리는 스피커 소리는 공원의 고요를 깨고 뒤흔들었다. 주변 사람들의 시선과 반응에는 아랑곳없이 스스로 감정에 도취되어 상대와 경쟁하듯 내지르는 소리는 음악이 아니었다.

서로 경쟁하듯 소리 높이고 자신만을 위한 기량을 뽐내는 장이 되어야 하는지, 공원에서 공연하는 목적부터 생각해 볼 일이다. 현수막은 '작은 음악회', '시민을 위한 공연단'으로 안내했지만 행동은 아니었다.

때로는 작은 소리가 설득을 얻는다. 소리가 크다고 잘하는 것만은 아니다. 여유로운 마음, 함께하는 호흡, 나누고자 하는 즐거움이 한데 어울릴 때 공감하고 박수를 받는다. 일요일 공원은 쉼표 같은 휴식 공간이다. 그곳에서 경쟁과 자아도취에 빠진 공연은 쉽게 끝날 것 같지 않아 발걸음을 옮겼다. 주차장 가까이 오니 새소리가 들린다. 그제야 공원에 온 기분이다. 하늘은 맑고 바람도 투명하다. 조용하다면 공원에 더 머물고 싶은 날씨다.

나이보다 이름이 먼저

닫혔던 사당 문 여는 소리가 고요한 아침을 깨웠다. 오늘은 종중 시제(時祭)다. 그동안 코로나19로 제약을 받다가 3년 만에 지내게 되었다. 서로서로 안부가 궁금한 어른들은 일찍부터 와서 이야기 나누고 아이들은 선산 야트막한 잔디에서 썰매 타며 노는 웃음소리가 높다.

손을 맞잡기도 하고 어깨를 끌어안으며 반기는 남자들에 비해 여자들은 뻘쭘하다. 누가 누군지도 모르고 마스크까지 쓰고 있어 목례만 나누고 서 있다. 의복을 입고 남자들이 사당 안으로 들어가자 분위기는 더 어색해졌다. 이마가 땅에 닿을 듯 굽은 허리로 다니며 모두에게 인사를 나눈 대고모님이 흩어진 여자들을 손짓으로 불렀다. 태어나 지금까지 고향을 떠나지 않은 대고모님은 돌아가신 친척들, 그분들의 형제, 성격, 집의 구조까지 기억한다.

먼저 남편 이름을 묻고 항렬에 따라 자리를 정해줬다. 대부분 눈인사하며 지정된 곳에 앉는데, 결혼 전부터 알고 지냈다며 손잡고 떨어지지 않기를 고집부리다가 아주머니와 조카 사이가 되어 떨어졌다. 삐죽 내민 불만의 입도, 시어머니와 나이가 같아 형님이란 말이 나오지 않는다는 새댁의 몸짓도 모두 웃음꽃이 되었다. 결혼이란 인연으로 친척이 된 여자들은 처음은 낯설고 어색했지만, 촌수를 알고 호칭을 부르면서 자연스러워졌다. 그리고 시제는 남자들만을 위한 의식이고 고루한 전통이라는 생각에서 벗어나게 했다. 돌림자 이름의 자긍심도 갖게 했다.

내년 봄이면 우리 집도 생명이 태어난다. 며느리 임신 소식을 듣고 제일 먼저 이름을 어떻게 지을까, 얘기를 나눴다. 돌림자로 짓기를 권하자 현실에 맞지 않는다며 아들 내외는 낯빛을 바꿨다. 부르기 쉽고 느낌이 좋은 이름을 짓겠다고 한다. 나도 속으로 같은 생각이라서 받아들였는데 종중 뿌리의 힘을 느껴보니 흔들렸다.

시제에 참석한 사람들 방명록에도 이름의 변화가 보인다. 가장 높은 '석', '수' 다음은 '병'인데 참석자 모두 돌림자 이름이다. 다음 돌림자 이름 '희' 연령대는 20대부터 40대다. 돌림자로 짓다 보니 똑같은 이름도 있고, 돌림자로 짓지 않은 이름도 여럿이다. 그 다음부터는 돌림자 이름이 없다. 개성 있고 예쁜 이름에서 신선함은 있지만 일가에서 일탈 된 느낌이다. 이대로라면 돌림자가 사라지지 않을까 걱정이다.

시제가 끝나려면 아직 멀었다. 한나절 남짓 걸릴 거라며 대고 모님은 종 할머니 얘기로 바꿨다. 종 할머니 얘기는 처음 듣는 것도 아닌데 들을 때마다 뭉클하다. 시조이신 할아버지는 사육신 성삼문의 외가다. 역모로 몰려 모두 죽게 되자 종 할머니는 어린 손자를 업고 지금의 진천 땅으로 도망 온다. 그리고 신분을 속여 키운다. 세월이 흘러 역모의 누명을 벗고 신분이 회복되기까지 보살펴주셨다. 할머니 헌신의 은공을 종중에서는 매년 제를 지내며 기억한다. 선산 아래는 종 할머니 무덤이 있다. 그곳은 인기가 많다. 제가 끝나면 옹기종기 모여 이야기 나누는 장소다. 과거는 신분 평등이 되지 않아 돌아가셨어도 종이 되었지만, 현재는 가장 위대한 종(踪)이 되셨다.

사당 제가 끝났나 보다. 남자들이 선묘로 오른다. 제 지내는 형식이 궁금하여 기웃거리던 사람들과 지루하여 칭얼대던 아이들도 빠르게 뒤를 따라 오르고 어른들의 푸른 도포 자락이 바람에 날린다. 끝없이 이어지는 행렬이 놀랍기만 하다. 그러나 참석하는 젊은이들이 점점 줄어들고 있다며 대고모 할머니는 흐린 눈빛으로 오래 바라본다.

젊은 사람들의 시제 외면은 코로나19 이전부터이다. 관점의 차이를, 시대의 변화를, 젊은 사고를 이해하면서도 뿌리와 전통에 관심 없는 현실이 안타깝다. 때로는 비현실적인 전통과 종중의 규범이 단절된 사람과의 관계를 회복시켜준다는 것을 참석하지 않으면 모를 일이다. 마음이 한 뼘은 커진 느낌이다.

반지

살이 찌면 무엇을 먼저 해야 할까요? 여럿이 모인 자리에서 엉뚱한 내 질문에 눈빛이 밝아졌다. 즉답으로 말하기도 하고, 지인의 일로 대답하는 사람도 있고, 이러지 않을까 상상으로 말하기도 하며 다양한 경험담이 쏟아졌다. 말수가 적고 잘 들어주기만 하던 B 선생도 하고 싶은 말이 있는지 멈칫멈칫하다가 중간에 말을 채간 사람으로 기회를 놓쳤다. 눈치 빠른 옆 사람이 그의 손을 들어주어 시선이 쏠렸다.

무엇을 먼저 해야 할까요? 되묻자 나직한 소리로 말했다. 허리 사이즈가 작은 바지를 삽니다. 이유를 알겠다는 듯 모두 손뼉을 쳤다. 맞다, 맞아요. 지금까지 대답은 살이 찐 몸에 맞는 걸로 바꾼다거나 몸매를 가려줄 새 옷을 산다던가, 장신구로 시선을 끌게 하고 다이어트 식품이나 운동을 소개하는 방법이었다. 그녀의 신선한 아이디어로 감추고 싶은 절망에서 드러내어 변화시켜 보자는 생각으로 의견이 모아졌다. 여자들에게 다이어트는 평생 숙제라는 말처럼 다이어트는 숙명 같은 일이라는 생각이다. 더군다나 중년 이후 갱년기를 보내면서 몸의 변화는 대부분 겪은 일이기에 다이어트 이야기로 즐겁게 놀았다. 얼마 후 내게 질문이 다시 왔다.

선생님은 무엇을 먼저 하나요? 질문한 의도가 있을 거라는 생각인 듯하다. 사실 그랬다. 전혀 생각하지 못한 일이 나에게 일어나고 있었다. 살이 찌고 있다는 것은 알았고 빼야지 다짐은 했지만 생각뿐이었다. 내가 사는 아파트에는 헬스장이 있다. 언제든지 자유롭게 이용할 수 있는데도 여러 가지 이유로 미루다가 바지 입을 때면 살을 빼야지 다짐하고는 했다. 갑상선암이 의심된다며 추적 검사를 시작한 지 몇 년이다. 그때부터라고 나는 생각한다. 치유되지 않는 스트레스와 불안과 걱정 그리고 갱년기와 겹치면서 몸도 마음도 변했다.

요즘은 왼쪽 손 약지가 아프다. 예전에도 다른 손가락이 아프다가 괜찮아지기를 몇 번 경험했기에 그러다가 낫겠지 하면서 잊었다. 통증은 전보다 아팠지만 병원 가기는 귀찮았다. 오른손보다 왼손을 많이 쓰는 습관을 탓하기도 했다. 우리 집은 음력 1월에 제사가 몰려있어 쉴 틈이 없다. 일하는 낮에는 모르는데 밤이 되면 통증이 심했다. 자세히 보니 퉁퉁 부어서 마디가 사라졌다. 가슴이 철렁했다.

내 몸에 있었다는 것조차 잊고 있던 반지가 손가락을 조이고 있었다. 반지 때문에 통증이 더 심한 건지, 부어서 반지가 꽉 조이는 건지 몰라 모든 일에 집중이 되지 않았다. 처음에는 여러 가지 방법으로 빼보려고 해보았지만 통증만 심하고 손가락은 더 부어올랐다. 기다리기로 했다. 부기가 빠지면 빼야지, 아픈 손가락 마사지하는 내게 남편은 미련하다며 외면한다.

반지는 나에게 의미가 깊다. 결혼반지로 받은 14K 링 반지를 닳도록 끼고 있는 것이 마음에 걸렸던 남편은 큰맘 먹고 작은 다이아몬드가 촘촘히 박혀 있는 반지를 사주었다. 언뜻 보면 평범한 반지 같지만 운전할 때 우연히 햇빛에 반사된 보석의 빛들이 둥그렇게 차 안에서 움직이면 순간의 희열, 그 짜릿함의 온도는 나만 알고 있는 행복한 기억이다.

손자 첫돌이 다가온다. 예쁜 반지를 사려고 주얼리숍에 들렀다. 그런데 돌반지는 관심 없고 손가락 고통만 말하자 반지 절단이 가능하다고 한다. 잃는 것은 아쉽지만 미련한 마음이 바뀌면 가족의 걱정은 덜어줄 것이다. 톱이 반지에 닿고 긴장도 잠시, 오래 정든 연을 끊어 놓았다. 그리고 반지 낀 자리에 골처럼 패인 흔적의 새 반지를 얻었다.

살이 찌면 무엇을 먼저 해야 할까요? 내 대답은 반지부터 빼기다.

부부

  남편이 디스크 수술을 했다. 공교롭게도 간병인들이 코로나 19에 많이 확진된 즈음이라 간병인을 구할 수 없어 내가 하게 되었다. 처음에는 당연하고 최선이라 생각했다. 입원 기간도 짧아서 부담되지 않았고 이번 기회로 멀어진 부부 사이가 좋아질 거라는 기대감도 있었다.

  그러나 생각일 뿐, 수술 첫날부터 부부싸움이 시작됐다. 남편은 내가 간병인처럼 능숙하게 해주길 바랐고, 나는 환자가 아니라 잔소리가 많은 남편으로 받아들였다. 병실인 것을 잊고 서로가 서로에 대한 불만과 짜증으로 목소리가 커졌다. 코로나 때문에 침상과 침상 사이는 물론 입구까지 쳐 놓은 커튼은, 옆의 환자가 보이지 않아 다행이지만 병실이 더 좁게 느껴져서 감정 조절이 어려웠다. 회복을 기다리는 공간에서 시간은 느리게 흘렀고 갈등은 곳곳에서 부딪쳤다.

병원 내 외출이 자유로운 곳은 복도다. 신경외과 병동이라 복도에서는 환자들이 자유롭게 다닌다. 허리에 복대를 한 환자, 보행 보조기와 링거 대에 의지하여 운동하는 환자도 있고, 환자와 이야기 나누는 사람도 있다. 우리가 복도에 가면 자주 마주치는 부부가 있다. 80대쯤 되어 보이고 남편이 환자다. 아내는 늘 검은색 옷을 입고 붉은색 가방을 허리에 매고 있어 멀리서도 알 수 있다. 키가 작고 왜소한 남편은 링거 대를 밀고 아내 뒤에서 따라오듯 걷는다. 부부가 걷는 모습으로 애정의 거리를 가늠해 보는 나는, 아내가 앞서 걷는 것으로 보아 성격이 급하거나 애정이 깊지 않을 거라 생각된다.

그날도 점심 먹고 병실 문 앞에서 복도 창가로 비치는 햇살을 감상하고 있었다. 봄볕이 눈부셨다. 오후에 교실이 아닌 곳에 있으면 나는 몹시 불안하다. 20여 년을 방과 후 강사로 일해서 오후 시간의 일탈은 자유로움이 아니라 불안으로 몰려온다. 무언가 빠트린 것 같기도 하고 잘못된 것 같아 안정이 되지 않는다. 며칠째 같은 증상을 겪으며 괴로운 오후 시간을 보내는 중이었다.

우리와 마주 보며 걸어오는 부부는 운동시간인가 보다. 그들이 가까이 오자 머쓱하여 한 발짝 병실 안으로 뒷걸음치는데 짜증 섞인 아내 목소리가 들렸다. "또, 쌌어? 오늘 왜 그래. 몇 번째…." 나는 반사적으로 몸을 밖으로 밀었다. 어색한 눈이 마주쳤다. 그녀는 종종걸음쳤다. 링거 대 수액이 심하게 흔들렸다. 나는 홀린 듯 귀 기울였다. "그래, 먹었으니까 싸야지." 나를 의식해서일까, 목소리가 부드러워졌다. 순간 나도 같은 생각을 했다. 안쓰럽기도 하고 밉고 속상하기도 한 애증의 감정이 휘몰아쳤다.

다시 그녀의 푸념이 시작됐다. "먹기만 하면 싸! 이구 내 팔자야." 싼다는 것이 무엇이고 그것을 처리하는 과정이 어떤지 처음 겪어본 나는 속이 울렁였다. 남자는 아래로 생존의 배설을 싸고, 여자는 허공으로 감정의 찌꺼기를 쏟아내는 모습을 보면서 우리 부부는 굳어버렸다. 오랫동안 말라서 비틀어진 걸레처럼 건조하고, 무척 단단하여 딱딱한 나무 의자에 앉아 있는 것처럼 불편한 분위기를 같이 견디어야 했다.

복도 끝에서 돌아서는 부부가 보이지 않을 때까지 우리는 꼼짝 못 하고 있었다. 남자의 끌려가듯 걷는 슬리퍼 소리와 마구잡

이로 집어넣은 상의 환자복이 허리춤에서 뭉쳐 불룩한 불편함, 링거 대에 의존한 가느다란 손을 보며 남자의 침묵을 생각한다. 미안해서일까, 원래 말이 없는 사람인가. 아니면 무의식적으로 순응하는 건가. 남자의 작은 어깨가 내 남편 어깨와 겹치면서 이해하고 사랑하며 살겠다던 아주 오래된 약속을 잊은 채 화살같이 쏘았던 거친 말들을 떠올렸다.

부부는 레일바이크를 함께 타는 팀이라는 생각이다. 서로 같은 힘으로 페달을 밟으면 즐거운 놀이가 되지만 한 사람만 밟으면 힘든 노동이 된다. 아무리 잘 달려도 앞질러 갈 수 없고, 1등이 없는 레일바이크처럼 하나밖에 없는 선위에 나란히 앉아 앞을 보며 힘을 나누고 집중하는 마음이 부부다. 우리 부부는 도착 지점에 더 가깝다. 살아온 만큼 단단한 신뢰와 따뜻한 삶의 온도를 높여야지 하면서도 말과 행동은 늘 어긋난다.

나보다 수술한 남편이 더 힘든 시간이었음을 타인의 부부 모습에서 깨닫는다. 그리고 우리 부부 모습도 누군가에게 보여준 틈이 있을 거라는 것을 그때는 몰랐다. 마음의 눈을 뜨는 일은 멀고도 멀다.

2등에게 박수를

항저우 아시안게임에서 새로운 경기 종목을 알게 되었다. 상대가 경쟁자인데도 함께 박자를 맞추며 같이 호흡하고 즐기는 '브레이킹'은 신선한 충격이었다. 춤도 운동 경기 종목인가, 의아했는데 항저우 아시안게임에서 처음 정식 종목으로 채택되었고 2024년 파리 올림픽에도 추가된 종목 중 하나다.

브레이킹은, 브레이크 댄스로 알려진 춤의 장르인데 어반 댄스와 뛰어난 운동 능력이 결합한 댄스 스포츠의 한 형태라고 한다. 한 명의 선수가 춤을 추고 끝날 즈음 상대 선수가 도전하는 몸짓으로 답을 주고 경기장으로 들어가는 방식도 신선하다.

건들건들 걷는 것 같은데 힘이 있고 경쾌한 음악에 맞춰 리듬

타는 몸짓은 부드럽지만 절도 있다. 동작 움직임의 각을 아름다운 곡선으로 이어갈 때는 숨을 멎게 했다. 마치 아래에 있는 자석으로 떨어지지 않는 장난감처럼 관절 마디 하나하나가 떨어졌다 붙었다 하는 것 같은 반복 동작의 놀라움도 잠시, 상대 선수가 경기장 안으로 들어온다. 다시 새로운 음악과 춤에 빠진다. 춤으로 봐야 하나, 운동으로 봐야 하나. 처음에는 규칙도 모르고 낯설어서 어리둥절했는데 차츰 음악도 선수의 표정도 보였다.

'카포'는 한 손으로 물구나무를 선 채 몸을 꺾는 동작이다. 상의가 살짝 목 쪽으로 내려올 때 허리와 가슴 사이 드러나는 맨살의 섹시함은 경기의 또 다른 묘미다. 응원하는 선수가 아니어도 헐렁하게 내려 입은 바지에서 느끼는 불안함은 아슬아슬하기만 하고, 인간이 몸으로 표현할 수 있는 아름다움의 무궁함으로 무아지경에 빠진다. 경기인데도 두 선수 모두 응원하게 되는 감정은 소속 선수라는 유니폼이 없어서다. 승부의 공간인데도 자유롭게 즐기고, 음악과 선수와 춤과 내가 즐기는 혼연일체가 된다.

그래서일까. 마력처럼 이끌려 브레이킹 경기를 보고 있으면 나무같이 뻣뻣한 내 몸 깊이에부터 무언가 꿈틀거리며 자극했다. 음악도 낯설고 춤 동작도 날렵한데 나를 내 몸을 내 마음을 흔들었고 흔들렸다.

아름답다. 춤춰보고 싶다. 처음으로 느낀 감동이었고 도전하고 싶어졌다. 묘한 쾌감으로 다가온 브레이킹 결과는 2위였다. 자신만을 위한 시그니처 동작과 음악 표현 기술이 순위를 결정한다고 한다. 응원했던 1등의 아쉬움은 있지만 순위는 중요하지 않았다. 우리나라 대표 선수의 춤은 독보적이었고 멋있었다.

인간의 탄생 정자도 2등 그룹의 정자라고 한다. 정자와 난자가 만나려면 난자를 싸고 있는 난구세포를 정자가 없애야 하는데 가장 먼저 도착한 1등 그룹의 정자들은 온 힘을 쏟아서 힘을 잃는다고 한다. 그래서 조금 늦었지만 늦어서 다행인 2등이 생명 탄생의 행운을 얻는 것이다.

인간 탄생을 위한 정자의 힘찬 움직임처럼, 브레이킹의 힘찬 도전도 춤의 영역에서 스포츠 종목임을 화려하게 각인시켜 주었다. 그리고 춤에 대한 편견을 버리게 했다. 거리의 춤에서 국가를 대표하는 운동으로 다시 올림픽으로 도약하는 스포츠 브레이킹의 관심과 응원은 즐거움을 느끼는 지금부터다.

한마음이 되었던 항저우 아시안게임이 끝났다. 사회 곳곳에서는 다시 분열과 갈등의 틈이 보인다. 1등이 되기 위해, 이기고 싶어서, 먼저이어야 해서 급하게 질주하고 경쟁한다.

돌아보고 자세히 보면 세상을 살아가는 마음과 사람 관계 속에 자연스럽게 스며드는 일은 1등만큼 주목받지 못해도, 2등은 안타까운 응원의 마음을 얻는다. 그래서 2등이어도 좋은, 2등에게 따뜻한 박수를 보낸다.

의자

　거실 창가에 있는 원목 흔들의자는 좋은 풍경이 되는 가구다. 오래전에 여러 곳을 찾아다니며 샀던 희열도 잠깐, 남향 창으로 들어오는 빛에 의자 커버 색이 변해서 두 번이나 바꾸어 놓는 동안에도 흔들의자에 앉아 쉬는 경우는 드물었다. 자연스럽게 장식용으로 받아들이는 듯했다. 혼자 생각으로 이다음 손자가 생기면 안락한 의자로 쓰리라, 행복한 시간을 그려보고는 했다.

　그런데 언제부터인가 흔들의자에 내가 오래 앉아 있다는 것을 알았다. 코로나19 장기화로 외출이 자유롭지 못해 거실에 있는 시간이 많았고, 밖을 더 가까이 볼 수 있는 곳이 흔들의자였다. 그곳에 앉아 매일매일 변화되는 무심천 물빛보고, 우암산도 보고, 햇볕 쬐다가 질주하는 자동차를 보며 같이 달렸다.

아파트 울타리 곁으로 구불구불한 흙길이 있다. 아주 오래전부터 사람들의 발걸음으로 길을 만들었고, 길을 보호하며 밭을 일구어 농로가 되었다. 개발지역이 되면서 주변 논밭은 모두 묵정밭으로 변했지만 흙길은 단단히 제 기능을 잃지 않았다. 비가 내리면 군데군데 물웅덩이를 만들어 진흙이 되지만 길가 작은 풀 한 포기에도 자리를 내주지 않는 단단한 기운을 갖고 있다. 가끔 흙길을 지나는 바람 소리와 흙의 촉감을 느껴보고 싶지만 걸어보지 못했다. 길은 가까이 있지만 그곳까지 가는 지름길은 없다. 일없이 감상으로 걷기에는 먼 길이다. 그냥 바라보고 느끼면서 지나간 시간의 길 하나를 추억하고 그리워하며 흔들의자의 편안함에 빠졌다.

아버님은 손 솜씨가 좋으셨다. 딸이 어렸을 적 집에 있는 나무를 이용하여 작은 의자를 만들어 주셨다. 일부는 썩은 나뭇결이 보이고 부분마다 나무 재질이 달라서 새롭지 않았다. 미세하게 다듬지도 않아 거칠고 투박했다. 아이 피부에 상처 날까 봐 걱정되었지만 손녀 사랑을 담은 아버님 마음이어서 싫다고 말하지 못했다.

몇 번 사용하다가 호기심을 보이는 이웃집 사람에게 주었다.

얼마 후 그 사람도 의자를 버렸다는 것을 알았다. 의자에서 썩은 냄새가 나는 것 같다는 것이 이유였다. 나도 내어 줄 때는 같은 생각이었지만 남의 손에서 버려졌을 때는 묘한 배신감을 느꼈다. 의자를 가볍게 버린 죄책감과 아버님 정성을 귀하게 받지 못한 후회로 오랫동안 괴로웠다.

우연히 가구 소품 가게를 지나다가 버려진 의자와 비슷한 나무 의자를 발견했다. 이젠 훌쩍 커버린 딸이 작은 의자에 앉지는 못하지만 내 집에 들이는 것으로 마음의 빚을 위로받고 싶었다. 그 의자 또한 만든 사람의 정성과 소중한 시간이 스며있다는 것을 알기에 지금까지 곁에 두고 있다.

새 학기가 되거나 새로운 만남을 시작할 때 '나를 소개하기'에서 나는 이름 삼행시로 소개한다. 이름 '의'에서 의자 같은 사람이 되고 싶다고 말하는데 솔직히 어떤 의자인지는 아직 정해놓지 못했다. 공원에 놓여도 좋고, 골목길 허름한 의자도 괜찮다. 병원 복도 의자여도 되고, 오래된 느티나무 아래서 비를 맞아도 좋다. 놓인 곳에서 필요한 사람이 앉아 쉬기를 기대한다. 내가 세상에 베풀고 싶은 마음인 것이다.

그러나 있는 그대로 보여주고 받아들이는 일이 말처럼 쉬운 것은 아니지만, 의미를 두지 않으면 마음은 자유롭다. 또 낡아가면서 변형되듯 내 삶의 지향도 바뀔지 모를 일이다. 의자가 놓이는 장소는 많고 형태도 쓰임도 바라보는 시선도 다양하다. 서로 좋은, 의자를 생각하는 내 화두다.

그리고…

신생아 첫 울음소리를 들었다. 세상에서 가장 아름답고 신성한 소리다. 작은 가슴으로 울음을 받으니 내게도 비로소 산통이 온다.

내 어머니고 어머니의 어머니였고, 그 어머니의 어머니가 어머니로 맺어준 인연에 비하면 내 글은 한 올 명주실같이 가볍다.

네 번째 수필집을 내놓는다. 코로나19 이후 사회 변화, 소소한 일상의 소중함과 살아가는 틈을 새로운 시선으로 바라보고 쓴 글이다. 대부분 중부매일에 게재한 글로 일부는 조금 수정했다. 만남이 자유롭지 못하고 우울한 코로나19 시기가 나에게는, 오롯이 나만 집중하며 침묵하는 시간이어서 책을 내는데 도움이 되었다.

관계의 귀함을 알게 하고, 가족의 끈을 연결해준 생명 탄생과, 기억은 늙지 않아서 안으로 감춘 내 말을 글로 표현할 수 있어 행복하다.

책을 내기까지 따뜻한 마음 내어준 선우미디어 사장님과 중부매일에 감사드린다.

산사나무에서 새가 운다. 새는 발끝으로 나무의 맑은 숨을 듣고 소리를 낸다. 우주로 가지 하나를 내놓은 나무, 내일은 한 마리 더 날아오겠다.

2024. 6.

조영의

꽃 피고 알았네

조영의 수필집

꽃 피고 알았네

꽃 피고 알았네